公元787年，唐封疆大吏马总集集诸子精华，编著成《意林》一书6卷，流传至今。
意林：始于公元787年，距今1200余年

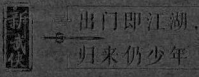

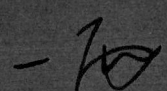

出门即江湖，
归来仍少年

一两 江湖之 琵琶误

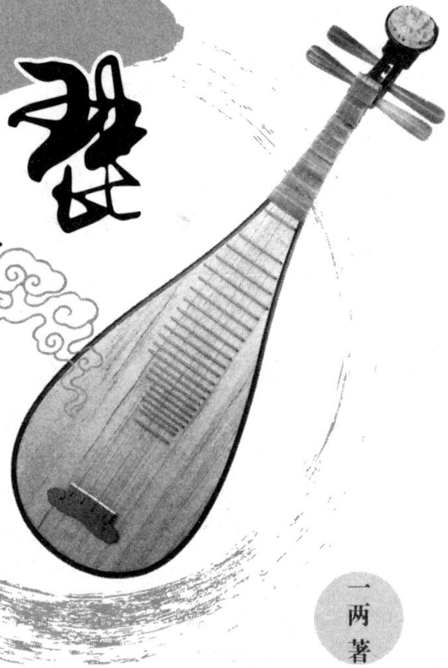

一两 著

吉林摄影出版社
·长春·

图书在版编目（CIP）数据

琵琶误：一两江湖 / 一两著. -- 长春：吉林摄影出版社，2017.10
（意林新武侠）
ISBN 978-7-5498-3372-6

Ⅰ.①琵… Ⅱ.①一… Ⅲ.①长篇小说-中国-当代Ⅳ.①I247.5

中国版本图书馆CIP数据核字(2017)第252191号

一两江湖之琵琶误
YILIANG JIANGHU ZHI PIPA WU

著　　者	一　两
项目出品	意林新武侠
出版人	孙洪军
主　　编	顾　平　杜普洲
责任编辑	施　岚　孙　瑜
总 策 划	蔡　燕
丛书统筹	黄　磊
策划编辑	黄　磊
特约编辑	孟晓雯　孙　丽　张亦苓
设计总监	资　源
封面设计	资　源
美术编辑	岳红波
发行总监	王俊杰
开　　本	880mm×1230mm 1/32
字　　数	170千字
印　　张	7
版　　次	2017年10月第1版
印　　次	2017年10月第1次印刷

出　　版	吉林摄影出版社
发　　行	吉林摄影出版社
地　　址	长春市泰来街1825号
	邮　编　130062
电　　话	总编办　0431-86012616
	发行科　0431-86012602
网　　址	www.jlsycbs.net
经　　销	全国各地新华书店
印　　刷	北京嘉业印刷厂
书　　号	ISBN 978-7-5498-3372-6　　定　价：29.80元

版权所有　翻印必究
如发现印装质量问题，请与承印厂联系退换

（序）

十年后，那个更好的自己

一

2007，2017。

十年。

在这十年里，你做了些什么呢？

我猜，你上了一些课，考了一些试，认识了一些有趣的人，去过一些好玩的地方，吃过一些好吃的东西，听过一些好听的情话……2007你还小，2017你已经长大；2007你还年轻，2017你已经变得成熟。

十年啊，这么快，又这么长。

我在2007的时候，在网络上传了我的最新系列——一两江湖。当时只当是编辑分派的额外任务，一面懒洋洋上传，一面嘀咕明明只有埋头码字才是正事。

那时候的我，完全没有想到十年后还有很多人因为这个故事陪在我身边，在我每一次打滚求抱求安慰的时候，都在。

从不离开。从不拒绝。

日复一日，年复一年，花开花落，花落花开，一直到了2017。

2017的春天里，黄磊告诉我，他要重做"一两江湖"系列。

对，他说的是"要"。帅爆了是不是？

于是，"一两江湖"系列重做了，你看到了这本书。

二

用自己的名字来命名这套书，大概是我做过的最任性又最正确的事情。

"一两江湖"系列这名字超赞的是不是？（说"是"。快。）

就像我已经想不起来"一两"这个名字的来历一样，我也不记得当时为什么要取这个系列名了……做设定的时候，就是想写一个没有刀光剑影，专职谈恋爱的江湖。

小时候看古龙的武侠小说，江湖恩怨全当浮云，最动心处莫过于男女主角谈情说爱，最闷心者莫过于男主角和好几个女主角谈情说爱，合上书常常感到意犹未尽——这大概就是我会拿起笔的原因。

"一两江湖"系列是我为自己织的梦。

梦里有我最爱的人物，最爱的风景，最爱的食物，最爱的情怀……所有我喜欢的，一股脑儿全塞进来，满满胀胀，满心欢喜。好爱它。

每个人心底都有这样的梦吧？

如果问我2007年以前最正确的人生决定，毫无疑问是写了"一两江湖"系列。

那么2017年的实体书出版显然是最幸运的人生礼物。满足地笑。

三

鲁迅先生说，写出来是为了忘却。

是的，在文末画上的最后一个句号，就是和书中人物说的一声"再见"。

现在，真的再见面了。哈哈。

《红线引》《绿离披》《菩萨蛮》《锦衣行》《染花身》《风荷曲》《发如雪》《琵琶误》《望星记》，包括一直想写而未写的《玉萝姬》……"一两江湖"的故人们，没想到，我们还有再见面的一天。

原版因为有字数限制，有些情节来不及展开，或者是以我当时的水平没有能力将其展开，在新版里都相应进行调整，补充原有的枝干，使其焕然一新，有了独特的光彩。你读它，无论是旧友还是新知，都会获得不一样的感受。

改稿是多么痛苦的事啊，可以排进人生苦恼的前三名！可是这一次，我拿起笔，不是和痛苦相遇，而是和过去的故事相遇，和过去的人物相遇，并最终，和过去的自己相遇。

隔着光阴的屏障，我在这端，她在那端。

相视，微笑。

有时候好想抽打她，"太烂了怎么能写成这样"，有时候又想抱住她，"呜呜呜，写得好好，你怎么做到的"……

时刻精神分裂，甚是销魂。

四

十年来我所干的事情，总结起来，就像是从花朵中提取香氛，制成香水。我搜罗所有能捕捉到的一切，柔和的风，清凉的雨，盛开的花，初升的月，牵手时彼此掌心的温度，相视时眼底的温柔……从里面汲取出一丝丝美好，提炼成文字，变成故事。

爱与生命的重量，这个主题我想我会永远写下去。

当你合上书，会想抱一抱身边的人，或者，找一个人好好抱抱，还或者，只是单纯觉得风很柔和天气很好——谢谢你，这就是我想要的全部了。

五

拿起这本书的你，是十年前的老朋友，还是十年后的新朋友？

如果你当年恰好读过，而今天又刚好拿起，那么，来抱一个吧！为十年前的相遇，也为此时此刻的重逢。

如果这是我们第一次相遇，那么，感谢你选择这本书，希望书中的爱与感动不会让你失望，能陪伴你度过一段悠闲的时光。

让我们从这里开始，一起走下去好吗？

走过下一个，更好的十年。

一起预约十年后，那个更好的自己。

十年后依然十八岁的一两

目录

楔　子　绿腴　001

第一章　幽居　005

第二章　飞月银梭　025

第三章　离别曲　043

第四章　琵琶误　061

第五章　故人　081

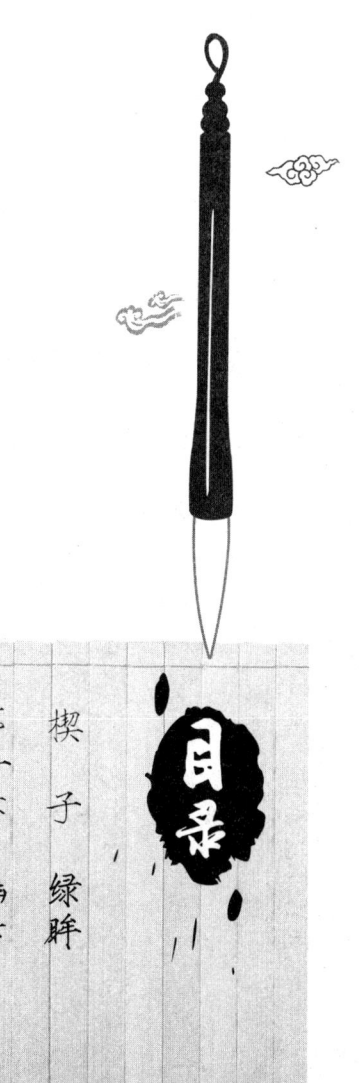

第六章　你到底是谁　095

第七章　返魂　115

第八章　倾城　129

第九章　命运　151

第十章　过去　177

小剧场　永远的秘密　201

楔子　绿眸

雾霭从四周涌过来，像烟霞，像迷梦，慢慢将屋子纳入怀抱。

屋子才造好不久，木料还散发着新鲜的桐漆味道。

屋子说大不大，说小不小，一个院落，几间房屋，比附近乡民的屋子要考究很多。

据说这屋子是一夜之间出现的。

据说屋子里有个极漂亮的女人。

据说那女人夜半时分就要化作狐形伏在屋顶上吸取明月精华，又据说其实是化作鹤形，又因她的个子那么高，腿那么纤长，估计是只鹤精吧？

而且是白鹤，因为皮肤很白。

真相到底如何？其实没有人看清过——谁也不敢太靠近这幢突然出现的屋子。

后来有一天，老张一边抽着旱烟一边告诉大家，其实那屋子并不是一夜之间就冒出来的。他去菜地施肥的时候，看到许多人骑着马来，带着很多的木料和工匠。那木料都是上等货色，连工匠的手艺都个个超凡，比汪村的石匠不知好出多少倍。他们只花了两个晚上就将房子建好。然后不知哪一天，里面就多了一个美若天仙的女人。

　　老张是村里有名的糊涂虫,他说的话谁会信?尤其是他竟敢诽谤汪村石匠的手艺——村里哪一幢房子不是汪村石匠盖起来的——大家扔个白眼就走开了。

　　"是真的哩……"老张对着他唯一的听众—— 一直蹲在脚边的看门狗说,"那女人真漂亮,眼珠子是绿的。就像春天时,汪家河刚刚涨起来的颜色,真绿呵……"

第一章 幽居

（一）

她的眼睛是绿的，肌肤是白的，唇是红的，岂止是美，简直美得妖异。

她的鼻梁挺直，眉毛斜斜飞扬，她站在屋檐下，一遍又一遍地往小径上张望。

天色渐渐暗下来，月牙儿爬上了天边，远远地有乡农扛着锄头走过。"晨兴理荒秽，带月荷锄归。道狭草木长，夕露沾我衣。"许多诗人吟咏的山间晨昏，美丽非凡。

这样的景致却丝毫不能吸引她，她深绿的眸子里渐渐有了焦躁的怒气，大声道："人呢？"

丫鬟连忙出来。

"去把桌上那封信拿来！"

丫鬟连忙进屋，片刻托了一封信出来。

她展开看了一遍，眉头已然皱起："明明说今天来，怎么这个时候还不到？"

话音才落，隐隐听到马蹄声。

这声音多么微弱，掩隐在犬吠虫鸣的声音里，几乎不可听闻。

但她听到了，丫鬟看到她的眼睛一下子明亮起来，便知道，她要等的人，来了。

那是一匹快马，踏着傍晚的岚气而来。她站在屋檐之下，微微眯起眼，在浓浓的暮霭里，辨认出他的身影。

他有这世上最英俊的面庞，鼻若悬胆，目若星辰，他的目光坚毅又温存。

马儿转瞬已经到了面前，他翻身落马，动作干脆利落，马鞭扔给仆人，大踏步向她走来。

"啪"！

她扬手给了他一记耳光。

他的头微微一偏，嘴角有丝苦笑："珰珰……"

"为什么这个时候才来？"雪肤碧眼的珰珰扬眉问。

"天还没黑，不仍算是今天吗？"

"太阳都落山了！"

"怎么会？"他微微一笑，目中像是蕴着一抹朝阳，光耀照人。他看满桌的菜丝毫未动，两只酒杯盛得满满的，递了一杯给她，柔声道："我说了来，就会来。"

珰珰一仰脖子酒便进了喉咙，放下杯子，手抚向他的脸："疼吗？"

"不疼。"

她问："这次能待多久？"

"半个月。"

"唉，比上次多五天。也好。"

她的模样似欢喜又似叹息。他握着她的手，低声道："对不起。"

她挑眉:"既然知道对不起我,就把这桌菜全吃了!"

他从命,才吃了一口,便笑了起来:"这是你做的吧?"

她眨巴着碧绿的眼睛看着他:"不好吃?"

"嗯……口味很特别。"

她尝了一口,自己也笑了:"糟糕,我忘了放盐了!"

她笑起来的样子特别美丽,碧绿眼眸像是世上最澄净的两块祖母绿,璀璨生光。

(二)

午夜,珰珰问:"你饿了吗?"

"嗯。"

"我去叫路妈准备汤圆。"

他低声道:"等一下。"

珰珰抬头,看见他漆黑的眸子望向自己,那里面影影绰绰的温柔,恰似深潭,令人坠陷。

她轻轻伸手抚向他的脸。

她的手,比她的眼睛更熟悉他。

闭上眼睛,仅仅依靠手指,就能描绘出他的容貌和轮廓。他的眉毛乌黑,瞳仁乌黑,头发乌黑,他是英武优雅的东方男子,充满内敛的力与美。

令她沉醉。

"唱,你很美。"

她感觉到手掌下他的嘴角轻轻舒展,他一定是微笑了。

果然,睁开眼就看到他春风般的笑容。

"我一定是上辈子欠了你的。"她说,"看见你就什么也顾不了啦。"

他的手抚着她的发,将她拉到自己怀里:"不,是我欠了你的。"

忽然听到什么东西"咕咕"响,他讶然,她笑了起来:"啊,我的肚子饿了。"

他一笑,拍拍她的头,披衣叫路妈准备吃食,片刻,两碗热腾腾的汤圆端上来。

她先不让他吃,道:"猜猜看是什么馅的。"

他闭上眼深深地闻碗中腾起来的香气,道:"芝麻馅的。"

"哎,怎么每次都猜得中?我就闻不出来。"

"你的鼻子没我的灵。"

"是呀,你上辈子是狗。"

他一捏她的鼻子:"你骂人?"

她笑着躲开:"我在说实话呢!"

送了一只汤圆到她唇边,她含住,一咬开,唇齿间全是芝麻的香气。

灯光温暖,汤圆香甜,思念了许久的人儿就在身边……珰珰觉得心里生出一股醉意,伸手抱住他的脖子,轻声问:"唱,我还要等多久,才能和你天天在一起?"

"快了。"他说,声音虽轻却很坚定,对她说也对自己说,"那一天不会远了。"

"你真的愿意辞官?"

"是的。"

"公主那边怎么样?"

"别担心,我会解决。"

珰珰理不清自己的情绪，叹了一声："我只愿我们能天天在一起，可是要你辞官，我又觉得自己太过分……"

"别这么说。"他微笑，"这是早已决定的事。"

他的笑容是对她最好的安慰，她将头搁在他肩上，放下心来。

（三）

山间是世上最奇妙的地方，暮春时节，时晴时雨，草木间发出许多蘑菇。两个人睡到日上三竿，决定去摘些蘑菇来煮汤。

出门前，路妈细细交代："不是所有的蘑菇都能吃的——颜色越鲜艳越不能碰，那些都是有毒的。能吃的有芝麻菇、胭脂菇、绿豆菇、豆腐菇……"——把这些蘑菇的特征告诉两个人。

饶是如此，望着两个人的背影，路妈还是不放心，叹了口气："唉，少将军哪里是采蘑菇的人啊！"

"小姐也不像是个采蘑菇的人啊！"小丫鬟说，"等他们采了回来，路妈你可要好好挑挑，我可不想吃到毒蘑菇。"

沐浴在山间清新空气中的两个人完全没有听到来自身后的担心。为了方便上山，珰珰没有穿裙子，像男子一样束着裤腿，上身穿浅灰短衫，袖子挽起来，露出雪白的手腕。她的腿极纤长，这么打扮英气勃勃。

唱的目光不由自主落在她身上挪不开。她凑到他面前："喂！"

他被吓得脚底下忽地一滑，原来踩着一只蘑菇。

"呀！好可惜，好像是胭脂菇，有淡淡的红色。"珰珰把那只踩得不成形的蘑菇捡起来，小心翼翼地把上面的泥块拂开。

"傻东西。"唱说着，一把把它夺了扔到一边，"我们再找就是了。"

再找的时候,蘑菇仿佛在跟他们捉迷藏,两个人折了树枝,拨开长长的茅草,弯着腰找了半天,都没再找着一个。

珰珰开始嘟囔着不该扔了那只蘑菇。

唱无法,让她站在自己身后,手臂一振,以树枝代剑,一招"横扫千军",将四下里的茅草扫得零落如雨,没有了遮蔽物,几只蘑菇老老实实暴露在两个人面前。

珰珰欢呼一声,一一捡到篮子里。两个人如法炮制,片刻工夫篮子便装满了。珰珰高兴得很,猛然间却听到一道奇异啸声,抬眼望见一道人影自唱背后扑来。

来不及思索,那一霎手像是有了自己的意识,手中的树枝脱飞而出,掷向那道人影,大声道:"唱!小心身后——"

就在她出声的同时,唱已旋过身子,将她护在身后,树枝轻轻一颤,挥向那道人影。

这看似漫不经心的一挥,竟有惊人的力道,四下里草木纷纷折断,那道人影避开了珰珰扔出去的树枝,身在半空,已经没有回旋的余地,手中长刀挥起一抹刀光,硬接这一招。

"咔嚓"一声,唱手中的树枝折断,倒退三步,来人倒飞出去,撞在一棵树上,嘴角溢出血丝。

"莫行南?"唱惊讶地认出他,"是你?"

"咳咳咳……"莫行南拭去嘴角的血丝,却又止不住咳出一口血来,沾上前襟,"真……真不愧是问武院的身刃状元,拿根树枝都这么厉害……咳咳……"

"你不也是身刃状元吗?我已入仕途,并不想争少年第一高手的名号,你怎么还跟着我?"

"名号不名号那是另外一码事……"莫行南说着,总算平息了因那一招带来的震荡,抬起头来。浓眉大眼,眼睛极明亮,他穿得随随便便,走路的样子也随随便便,就那么随随便便地走过来,一拍唱的肩:"老兄,你不知道,我老听那些夫子提起你的名字,耳朵都快起茧啦,不跟你较量个高下,我真是不服气啊!"

珰珰觉得好笑,道:"你都被打得吐血,还需要再较量吗?"

"啊!是你!就是你朝我扔的暗器!"莫行南立刻向她望过来,"我告诉你,要不是我的身形被你的暗器阻了,我那招'石破天惊'真的要石破天惊!你是哪个门派的?叫什么名字?"

"暗器?"珰珰不解。

"莫行南!"唱喝住他,"她不是江湖中人,不关她的事。"

"怎么不关她的事?"莫行南跳起脚来,"就是那根树枝,对准我的丹田,那准头,那力道,害我不能不避。可这一避,我招未发,气先滞,当然敌不过你。你们两个打一个,占便宜而已。哥舒唱,你真以为你胜了我吗?有本事再比试一场——喂,喂,别走……"

前面两个人居然没听他充满愤慨的话语,自顾自地挽着手往回走。

莫行南把刀往鞘里一插,喝一声:"看招!"拳头朝唱的背心击去。

唱拉着珰珰的手,轻轻避开。

莫行南身随拳上,把唱缠了个密不透风。

唱却一直没有还手,只是不断闪避。但莫行南拳风凛冽,唱手上又拖着一个珰珰,终究落在下风。

莫行南嘿嘿笑道:"哥舒师兄,你还是跟我比试一场吧!不要以为你不还手,我就会手下留情!"

珰珰挣开唱的手,大声道:"唱,跟他比!"

明明刚被打得吐血,还要硬缠着别人比武,这么厚脸皮的人,不教训一下都不行!

可是唱依然不还手,不用带着珰珰,他一个人躲避起来,倒是游刃有余。

莫行南急了:"我说你堂堂问武院身刃状元,功夫只是用来捡蘑菇的吗?"

唱冷然道:"大丈夫学武是为保家卫国,怎能浪费在这样的比试上!"

"学武最重要的是自身的精进,然后看是用在什么地方。"

"你在浪费我的时间!"

"捡蘑菇才浪费时间吧!"

两个人一边说,一边过招。莫行南猛攻,哥舒唱却只是避重就轻。这种打法,只要两个人还有力气,就永远打不完了。

珰珰看了一会儿就没了兴致,把一篮子蘑菇拎给路妈,看路妈把不能吃的蘑菇挑出来,又在厨房帮了一阵忙,不一会儿,香浓四溢的蘑菇汤已经上了桌,那两人还没有停手的意思。她喊道:"喂……吃完再打。"

这句话仿佛有点儿作用,那边的打斗停下来。两个人往这边走,哥舒唱走在前面,脸上有恼意。莫行南走在后面,却是满脸兴奋,嘴里还不停地说着什么,走得近了,珰珰听到他说:"……哎,说好啦,吃完了再来打!"

唱的眉毛不由自主地往下压,一脚跨进门槛,莫行南正要跟着进去,"哐"的一声,门关上,差点儿撞上他的鼻子。

珰珰问:"不要紧吗?"

"不要紧。"

"他是你师弟?"

"嗯。"

"虽然他有点儿缠人,但既然是同门,连饭也不让吃一顿,好像不太好吧?"

"他不会饿死。"

"哎——"珰珰搭着他的肩,在他身边坐下,"唱,你看起来很恼火啊。跟他比一场,把他打服气了,你不就清净了?"

"他不会服气。他永远不知道服气。"说到这一点哥舒唱英武优雅的面庞黑了下来,"我打赢了他,他不服气,一定要找机会赢回来。我输给他,他说我是故意输,一定要逼我重新比试。跟他旗鼓相当,他更兴奋,说看谁最终能赢……"哥舒唱撑着脑门,不知道怎么就被这么个煞星黏上。

珰珰的深绿眸子眯了眯,忽然就微笑了。

看到这样的笑容,哥舒唱一怔。

"我倒有个办法。"

"哦?"

"你装病。就说喝了毒蘑菇煮的汤。"

"他……会信吗?"

"会的。"珰珰笑得温柔极了,"我会令他相信的。"

(四)

莫行南在门外面烤番薯,忽听"吱呀"一声,门开了,一位雪肤碧眼的美貌女子走了出来,手里还托着饭菜。

"真是委屈莫师弟了。"女子温柔地说,"唱的心情不太好,你不要怪他。来,喝碗汤吧。今天捡的蘑菇,很鲜呢。"

这样的温言软语,又伴着饭菜的香气,莫行南立刻接过汤,道:"还是嫂子好。"

珰珰笑笑坐在一边,问:"你们真是师兄弟?"

"是啊!我们都是问武院的弟子,哥舒师兄是戊子身刃状元,我是辛卯身刃状元,我们相隔两年……其实在问武院的时候我就想找师兄比试,但是我学有所成的时候师兄就已经跟着哥舒老将军上战场啦,一年到头没有多少时间在问武院里碰到他,碰到时他也是在潜心研究武艺,夫子们都不许我们打扰他……"他忽然低下头看着面前有些茫然的女子,"你这么看着我干什么?"

"问武院是什么地方?"

"你不知道问武院?"莫行南一下子跳了起来,"你竟然不知道问武院!你怎么可能不知道啊?不说你丈夫就是问武院弟子,就算你是个种地的,也该听说过问武院啊!"

"他没有跟我说过……"珰珰说着轻轻叹了口气,"而且,我还没有成为他的妻子。"

她叹气的样子有些惆怅,这种男女情事莫行南是不懂的,但是说起问武院,再也没有人比他更为此骄傲和自豪的,他道:"那我就好好告诉你吧……"

在他说出这句话之后的半个时辰里,珰珰的耳朵立刻灌满了所有关于问武院的详情。

那无数的英武事迹莫行南说得太激动了,以至于口齿不清语无伦次,珰珰也没听太清楚,大致从他的话里面了解到在这样的太平江湖,百年前一位高人设立问武院,将各门各派的精英请到院中任

夫子，分门授课，一举打破了各门各派自立门户的江湖格局。

进入问武院的第一年，学生们将在少林寺度过，学习最基础的拳脚功夫，以锻炼筋骨；次年入武当，修习太上玄清心法，以稳固心志玄神。到了第三年，才能进入问武院。院内分为身刃和无身刃两大教类。身刃即刀剑拳掌种种外门功夫，以及内功与轻功身法。无身刃即机关、暗器、兵阵、医药、星相、占卜。

而哥舒唱和莫行南，都是修习身刃，且都是当年的身刃状元。

莫行南说得口干舌燥，碗里的最后一点儿汤也被喝得干干净净，末了，他道："看来你真的不是江湖中人呢！可你那暗器手法真了不起！幸亏我是个练武奇才，不然就要死在你手上了。"

他的夸张令珰珰感到好笑："开什么玩笑，我不过是随手扔出去。"

"随手一扔就这么厉害？"莫行南吃惊极了，"莫非你也是个武学奇才？"他把筷子塞到她手里，"来，再扔我一次。" 说着一跃上了墙头，交代道："待会儿在我跳下来身在半空的时候，你就像那次一样扔。"

珰珰失笑，这家伙真是好武成痴。

莫行南却很认真，全身布满劲气，跃下来时已想好变换身法，然后那筷子还没到他面前就无力地坠下去。

"喂，你认真点儿！"

"那么远怎么扔得到？"珰珰揉了揉自己的手腕，"扔得太用力，我都差点儿脱臼。"

莫行南严肃地盯着她："你骗人。"

"我骗你干什么？那次大概以为你是坏人，所以扔得更用力一些吧！"珰珰懒懒地道，"我是个女人，可不想舞刀弄枪。"

莫行南皱着眉，反复在脑中重演那根树枝的来势，如一支长枪一样破空而来，气势无可阻挡，且对准他的气海，就算有大本阳功力护体，他也不敢用肉身去硬接那根树枝。

不可能是错觉！

珰珰见他两只眼睛瞪着自己，那模样认真得不得了，蓦然，他一拍脑门，道："啊！你的眼睛是绿的！"

珰珰晕了晕："你到现在才发现我的眼睛是绿的？"

"这种绿眼睛我见过！"莫行南很兴奋，"让我想想，让我想想……是在哪里见过……嗯，月氏？月氏的昌都城！是是，那次哥舒师兄在跟月氏打仗，我追了过去——啊！是了！"他两只眼睛大放光芒，目不转睛地盯着她，"绿眼睛，白皮肤……你用一杆枪！那枪比一般的枪细，也要短一点儿，枪尾有细链！不错！就是那种掷枪的手法！那气势，那准头，我不会忘记！"

他说得起劲，一脸激动，珰珰忍不住怀疑那些蘑菇是不是有令人精神亢奋、神志恍惚的作用。

猛然他顿住，声音全吞进喉咙里："呃……不对，那是男人……"

珰珰彻底晕倒。

"可是你跟他很像……嫂子，你不是晏国人吧——你不会是月氏人吧？"

"我不知道。"

"呃？"

"从前的事我都不记得了……我只知道我睁开眼睛就看到了唱……"说到这里，珰珰瞧见莫行南捂住了肚子，"莫师弟，你怎么了？"

"不知道怎么了……"莫行南的表情看上去有点儿痛苦,"嫂子,茅房在哪里?"

珰珰指了指方向,莫行南抱着肚子飞奔而去。

(五)

珰珰带着笑意回到屋里。

哥舒唱正倚在床上,见她走来,便向她伸出手。

她握住他的手,在他身边坐下。他问:"成了?"

"那还用说?"

"你用了什么法子?那小子到此刻都没有来吵我。"

"只不过给他喝了一碗汤。"

"你没加什么吧?"

"只不过把路妈挑出来不要的几只蘑菇放进去……"

哥舒唱便要起身:"珰珰,你不要乱来。"

珰珰将他按回床上,道:"放心,顶多拉几天肚子而已。"

哥舒唱的脸色这才放松下来,轻轻一捏她的手:"你吓了我一跳,有些蘑菇可不只拉肚子而已。"

"你以为我没轻没重吗?我问过路妈哪些吃了要出人命,哪些只是闹几天肚子。"珰珰伏在他身上,碧绿的眼眸望着他,似幽似怨,"你信不过我?"

哥舒唱一笑:"我只是怕你不小心就把问武院的状元给毒翻了。除了总黏着人比武之外,莫行南在江湖上的声望还是不错的。"

"你从来都没跟我说过问武院的事,那是你学武的地方?"

"嗯,我在那儿待了十五年。"

"那么久？"

"是啊，五岁进院，二十岁出师。"他的脸上浮现出悠远的神情，"想起来，真是很长的一段日子。"

珰珰听着，忽然问："我今年多少岁？"

"二十岁，怎么？"

"二十岁了吗？你怎么知道？"

哥舒唱的脸色微微一变，道："我猜的。"

珰珰怅然，头轻轻靠在他的胸膛上："真糟糕……我不知道自己从前的日子都做过些什么，不知道自己的生辰，甚至不知道自己姓什么……"

哥舒唱脸上掠过一抹痛苦之色，手轻轻地抚着她的发，将她的头压在自己胸口，低声道："你还有我。"

"我也只有你了……"珰珰轻叹，"如果哪一天，连你都没了，我可真不知道该怎么办。"

"不会有那一天的。"

他的声音低低的，仿佛半含在喉咙里，胸膛微微起伏。珰珰感到莫大的安心，哪怕天塌下来，都可以放心地整个人埋在他怀里。

这样的感觉……仿佛曾经有过……

我只有你了……如果你抛下我，我怎么办？

不会有那一天的。

这样的承诺，好像曾经有过……

好像不仅仅是当前……

（六）

莫行南一天不知跑了几趟茅房，整个人已经虚软下来。

他有气无力地问:"我说……哥舒师兄也像我这么惨吗?"

"嗯。"

"他应该更惨一点儿吧?我们的武功不相上下,我的肠胃却比他强。要知道我可是风餐露宿惯了,那家伙从小就锦衣玉食——嗯,他一定比我更惨……"

珰珰道:"你真的这么希望他比你更惨吗?"

她的脸上明明带着笑,眸子里却有一丝寒意让莫行南倒抽了一口冷气,改口道:"呃……我只是关心师兄罢了……啊,说起来,怎么只有我跟他有事啊?明明我们身体比你们更强壮啊……"

"那是因为你们吃得最多。"珰珰打断他的话,复又柔声道,"尤其是你。哎,我想,唱过了今晚就会没事吧,但你却不知要到什么时候才好……"

正说着,路妈已经把晚饭摆上了桌,莫行南一看桌子中央放着一碗蘑菇,脸都绿了:"还吃啊?"

"放心,晚上已经把不能吃的蘑菇统统挑出来啦。"珰珰很殷勤地夹了一片到莫行南碗里,"多吃点儿。"

哥舒唱从里间走了出来,墨色长袍衬得他身形修长,英武且优雅。莫行南仔细看他的脸色。

哥舒唱也看着他。

莫行南问:"你……没事?"——他看起来一点儿也没有不对劲嘛!

"什么事?"

"你喝了毒蘑菇汤还这么精神?师兄,我真要佩服你了。"

哥舒唱没有回答,却问:"你怎么找到这里的?"

这下换莫行南避而不答,嘿嘿笑了两声。

"一路上并没有人跟着我,这点我可以确定——莫行南,你是怎么找到这里来的?"

莫行南埋头吃饭。

珰珰忽然道:"你想不想看我掷树枝的手法?"

莫行南蓦然抬起头来。

"回答唱的问题。"珰珰微笑着说。

莫行南衡量再三,道:"告诉你也没关系……我从唐且芳那儿拿了一种药给你的马吃。"

"什么药?"

"名字我不记得了,总之你的马吃了这种药,就会发出一种味道,我闻着味道来就可以了。"

哥舒唱皱眉:"我怎么没闻到味道?"

"因为这种药要一起吃嘛!一颗药丸分成两半,马吃一半我吃一半,这样无论它到哪里,我都可以循着这味道找到它。"

珰珰插嘴道:"唐且芳是谁?"

"唐家的老祖宗。"

"这样的药他还有吗?"

"不知道……干吗?"

"我也想要一颗。"

有这样一颗药,两个人无论怎样都可以找到彼此吧。

这个唐且芳,是个妙人呢。

只可惜这么好的药,被莫行南糟蹋了——一人一马分吃这样的药,真是暴殄天物啊!

"好啦,我已经说了,嫂子,我们到院子里去掷吧!"

珰珰敲敲碗:"吃饭吃饭。"

她那副"什么也没有发生过"的样子让莫行南心中涌起不祥的预感:"嫂子……你不会说话不算数吧?"

"我是说吃完饭再扔。"

"哦。"

然而吃完饭,珰珰拿着筷子,仍旧没有扔到他面前就掉下来。

莫行南额上青筋暴突,他一百个肯定面前的女人在耍他。

"我只会这么一种手法呀!"珰珰无辜地说。

莫行南告诉自己要克制,再克制:"我不打女人。不打女人。"

珰珰施施然进屋去。

哥舒唱慢慢从屋子里出来,慢慢地走到他面前,莫行南见他脸色颇为沉重,以为他也为自己女人的行为感到抱歉,谁知他忽然伸出手,点住莫行南的穴道。

莫行南僵立在院子里。

然则哥舒唱还是道歉了:"对不住,莫行南。她不该骗你,也不该煮毒蘑菇汤给你。"

莫行南眼睛瞪得滚圆:"你是说……其实只有我一个人吃了毒蘑菇?"

"是的。"

"你们……你们……"

"如果你不跟来,这一切都不会发生。"哥舒唱的声音沉沉的,虽低却坚定。

莫行南听过他这种声音,在对月氏的征伐中,他就是用这种声音跟他的部将们制订战术的。莫行南额头滑下冷汗,只听他道:"从今以后,我不会再让你找到我。"

（七）

于是，那一个晚上，莫行南眼睁睁看着这屋子里的仆人们把家具物什装上马车，清空屋子里的一切，搬家对他们来说仿佛家常便饭，片刻工夫便扬长而去。

当朝阳升起，只有一个老仆牵着哥舒唱的马守在他身边。

老仆看了看时辰，和蔼地道："你应该很快就可以动……能动就没事了，我也要走了。"说罢，他跨上马背，往主人相反的方向而去。

莫行南现在还不能动。

如果他能动的话，一定要把那匹马千刀万剐，再把那个老仆人捉来下油锅。

不，他说错了，他应该把哥舒唱千刀万剐，再把珰珰捉来下油锅。

莫行南穴道解开的一刹那，整个汪村的乡民都听到撕心裂肺的一声长吼。他们都被这声音吓了一跳，有几个胆大的小心翼翼地靠近那幢奇怪的屋子，进去才发现里面一个人也没有。

没有人，没有家具。

什么也没有。

就好像从来没有人住过一样。

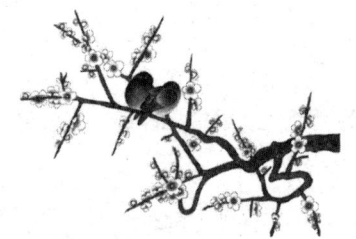

飞月银梭

第二章

（一）

什么也没有。

苍茫沙漠，空无一物。

只有落日凄凉地挂在天边，俯视这片了无生机的大地。

哥舒唱望着这无垠的沙漠，偶尔有红荆斜刺出沙层，它们挣扎着生存。

"难怪月氏总是扰我大晏边疆，被击败过多少次都不思悔改，原来这就是他们的家园。"军师上官策感慨，"这样的土地，什么都种不出来，不去掠夺别人，他们怎么生存？"

"那要看他们掠夺谁。"哥舒唱淡淡地说，"想掠夺大晏的东西，那便是自取灭亡——传令下去，今夜在阳背山下扎营。"

将令在军中传开，个个安下营寨，火头军已经开灶煮饭，夜幕也已降临，白天还热得像三伏天的沙漠，到了夜间居然一下子从盛夏进入寒冬。

"多亏齐叔提醒，不然光是应付月氏的天气就是一个很大的问题。"哥舒唱说着，为坐在躺椅中的一位老者盛了一碗热汤，"齐叔暖暖身子。"

齐叔全名上官齐，是哥舒唱的父亲哥舒翎的随行军师。哥舒上官，一武一文，曾经是大晏边疆筑界的金字招牌。数十年过去，哥舒翎告老还乡，哥舒唱世袭护国将军位，老将军不放心自己的儿子，嘱托上官齐随军前行。

这不是哥舒唱的第一仗，自十六岁起，他就跟着父亲南征北战，然而这却是他第一次统率三军——这一次，他不再是先锋或者副将，而是元帅。

世袭了爵位以后的第一场大仗，每个人都对这位少年英雄抱以许胜不许败的期望。也正因如此，年近六旬的上官齐亲自随军提点少帅，同时历练自己的儿子上官策。

"月氏的气候变化无常，不在这里住上十年，恐怕难以预知沙漠天气的变化。十二年前，我随同老将军来过这里一次，第一仗就中了明月阿隆的诡计，大队人马，差点儿全埋进了沙漠。"说罢有点儿感叹，"明月阿隆，真是个可怕的敌手。"

上官策道："明月阿隆已经死在老将军刀下，月氏为此元气大伤，十二年来不敢有所动静。想来，国中再无良将吧？"

"他们敢挑衅大晏边城，便是有备而来。"哥舒唱道，"眼下是我们深入敌腹，他们占尽天时地利，尽管我们在兵力上有优势，仍不可轻敌。"

上官齐目中有赞叹之意："我当初就说，将军的几个儿子里，唯有少帅最像将军。"

哥舒唱有片刻默然，道："哥哥们都是英雄。"

"生为将士，死得其所，岂有憾哉！"上官齐道，"若是我这把老骨头死在这里，老将军也会替我高兴咧。"

"父亲！"上官策有些恻然，"您不要说这样的话。"

"策儿,你真是一点儿都不像我。"上官齐道,"这样妇人之仁,怎么能辅佐少帅成为一代名将?"

说得上官策低下头去。他面色白皙,斯文瘦弱,的确不适合军旅生涯。但上官齐就这么一个儿子,"玉笔军师"的御赐名号,还想让他继承下去。因此明知儿子太过懦弱,还是把他带了出来,希望战争可以令他变得刚强一些。

三人再商议了一会儿军务,便各自回到营帐。

(二)

帐外的风声很响,带着奇异的尖啸,来自大晏的年轻将士们都没有听过这种风声,长途跋涉的劳累很快涌上来,再怪的异声也不能将他们从梦中惊醒。

风沙就是在这个时候来的,许多人半夜醒来,发现帐篷在动。

兵士跳了起来,奔到门口,外面的情景令他瞪大了眼睛,口里只道:"啊,啊啊,看,看,那……"

是的,风沙来了。它狂怒地发着脾气,卷走一切可以卷走的东西,所有的被子、衣服、一些小帐篷……火堆被吹得漫天飞舞,落在地上,沾上什么烧什么。

风沙遮住了天空,遮住了星光,一切都在灰蒙混沌的世界里浮荡,风、沙、火、血、惨叫、尖叫,大晏军营被地狱般的惨象淹没。

足有小半个时辰,这风沙才由南往北席卷而去,远远仍有啸声传来,初到月氏的大晏将士挨了结结实实的迎头一棒,能站起来的人已经不多。

每个人都颤抖起来。

副将报告所剩的人数，那数目让上官策的脸色白极了，颤声向哥舒唱道："元……元帅，我们……我们折损了七成人马……眼下……只剩三成，还……还有伤残，万一月氏人来袭营，可……可怎么是好？"

哥舒唱遍身戎装，手握长剑，眉毛压得极低，淡淡道："没有万一，他们已经来了。"

上官策脸上的血色消失得干干净净。

"我军乱作一团，对他们来说，正是千载难逢的好机会。何况月氏人久居大漠，对这里的风沙一定熟悉得很。风沙一过，他们立刻便会来袭营。"哥舒唱的声音低沉却坚毅，仿佛每字落下都有千斤，"现在我们要做的，就是聚集残部，背水一战。"

常年在刀口上磨砺的人，有着常人难以企及的勇气与杀气，身上的伤痛和处境的绝望反而更能激发他们的斗志，军中登时有人振臂高呼："背水一战！""死也要拉个垫背的！"

哥舒唱一挥手，沸腾的军士们安静下来。

冷月森森，高高挂在天边。

西边隐隐传来滚雷般的声响，大地似乎在轻轻颤抖。

那是，月氏的铁骑。

哥舒唱握紧了剑。

他的剑，不同于平常的三尺青锋，剑身长达五尺，也比寻常的剑厚重许多。

普通的剑太轻薄，不适合这样的铁血杀伐，枪的攻击能力又只有枪头——而这把剑，在拥有剑的双刃及锋利的同时，又具备枪的重量和力道，这是哥舒唱在几年的征战生涯里悟出的、适合自己的最佳兵器。

专门求娑定城铸剑大师百里无双铸成，名唤"重罗"。

这是重罗剑第一次出鞘，剑身黑沉沉的，仿佛遮蔽了月光。

哥舒唱握着它，手掌坚定稳固，充满力量。

冷月下，月氏铁骑已然出现，遥遥看见大晏的残兵剩将，他们兴奋地呼喝起来，来势更加凶猛。

哥舒唱深深吸了一口气——

去吧！重罗！用名扬天下的月氏铁骑之血为你开锋，为你千秋万世的名将之刃留下第一笔战绩！

刹那仿佛天地无光，月氏骑兵一刻也没有停顿，甚至没有像惯常两军对阵时那样来将通名。他们踩着风沙的尾声而来，迅猛的速度仿佛是另一场风沙。他们挥着刀冲进大晏的阵营，两支军队立刻交缠在一起。

死神与杀戮共同降临，厮杀是伴着鲜血的。新入伍的战士第一次看到身边有人倒下，恐惧几乎令他握不住手中的刀。然而如果不握紧自己的刀，如果不砍倒面前的敌人，下一个倒下的，将会是他自己。

这是每个战士在鲜血与死亡中得来的真理：一上战场，不是你死，就是我亡。

重罗剑已染上了斑斑血迹，哥舒唱挥舞着它，夺取无数月氏骑兵的性命。混乱的杀戮中，有一双眼睛锁定了他和他的剑，一匹快马穿过人群向他冲来。

鲜血染红了冰冷的沙漠，这人穿过厮杀的人群，就像穿过院子里的小径。他手中有一抹银光，倏忽脱手而出，每一次收回，都带起一串血珠，没有人可以阻挡他的道路。

哥舒唱注意到他身后有两名将士紧紧跟随，助他排众前来。

——这样的阵势,必定是月氏的首要将领!

重罗剑发出雾沉沉的光芒。

来人刹那已到面前,月光冷淡瞧不清面目,只见一双眼睛乌碧沉沉,正是月氏贵族才有的碧眸,他问:"你可是哥舒翎的儿子哥舒唱?"声音有几分慵懒,仿佛漫不经心。

"正是。"

来人低低一笑:"很好。"

一个"好"字尚未落地,他手中的银光忽地飞来。原来是一杆银枪,枪尖五寸处有抹新月状的飞刃,比寻常长枪稍细稍短,枪尾连着细链。

哥舒唱硬接他这一枪,重罗剑光芒大盛,银枪与之轻轻一碰即被弹开,在空中不可思议地转了个弯,链子仿佛可以伸长,银枪已绕到哥舒唱的肩后。

哥舒唱用剑去削却已来不及,侧身避开了要害,那银枪自上而下划了一道斜弧,枪口上的月弧形飞刃在哥舒唱身上拉了一道口子——若不是避得快,整条胳膊就要被这出其不意的一招卸下来。

这兵器当真诡异至极!

来人手肘一收,银月枪回到他手中,碧绿眼眸中有丝冷笑。

就在这时,蓦地有一道尖厉的哨声划破长空,阳背山后出现大队人马,将混战中的月氏骑兵团团包围。

这大批人马,旌旗猎猎,胄甲闪着寒光,分明是早该葬身在风沙中的大晏另七成人马。

碧眼将领一怔,旋即明白过来,大喝一声:"撤!"

他见机极快,有些月氏骑兵还没有反应过来——心道,正杀得起兴,胜利就在眼前——这片刻的犹豫,大晏军队的包围圈已经将

他们团团围住,彻底堵住了他们的去路。

(三)

回到营帐,哥舒唱眉头微皱:"齐叔为什么这么早吹哨?我还没有把他们带到山背。"

这是一早就制订的计划。从向导口中得知晚上可能会有风沙的时候,哥舒唱便和上官齐想出这引蛇出洞之计,先装作被风沙所袭,再佯败逃入山背。而山背,已经布好伏兵,就等月氏人追来,好一网打尽。

可上官齐却过早地吹响了长哨,令伏兵奔出山背围攻月氏。

在包围圈没有形成之前,碧眼将领已经趁机逃走。

明明已经到手一半的猎物居然失手,哥舒唱的恼怒即使门外的小卒也感觉得到。

上官齐不说话,只是揭开哥舒唱的胄甲,察看那道伤口,只见鲜血将内袍染红一片,他松了一口气:"还好没有毒。"随即吩咐人包扎少帅的伤口,一面道:"少帅息怒。我在后方看到少帅受伤,以为那人也同明月阿隆一样,在兵器上抹毒药。从前老将军着过这样的道儿,右腿的伤口至今仍时常发作,痛苦难当。"

哥舒唱没有答话,静了静,平息内心的恼怒,方开口道:"就算是中了毒,我也不至于立刻毙命,仍有时间把他引入埋伏圈。"

"要是少帅真中了毒,能从飞月银梭下逃开吗?"

哥舒唱一怔,不错,那可怕的、诡异的兵器,即使他没有受伤也应付得艰难:"他的枪,叫飞月银梭?"

"那是明月阿隆的兵器……"说到这位死去的敌人,上官齐的神情仍然十分郑重,"这兵器精妙,近可当枪,远可当箭,收发自如，最可怕的是它的锁链可长可短，银梭飞刃能以不同斜弧伤人……明月阿隆和他的儿子都在十二年前那一战中死去，真没想到月氏还有人会使这种兵器……"

"他劈面便问我是不是哥舒翎的儿子……"哥舒唱道，"我想，他应当是明月阿隆的后人，找我为明月阿隆报仇。"

上官齐点头道："我也是这么想。他既然要报仇，无论是公是私，都非要置少帅于死地不可。让他逃脱固然是损失，可三军不可无帅，我以为，保住少帅便是保住了大晏，所以才擅自做主，提前召出人马，趁他下杀手前包围他们。"

哥舒唱轻轻一叹："我错怪齐叔了。"

"是我没有想到明月阿隆还有后人在世上，没有告诉少帅飞月银梭的厉害，令少帅受伤……"

说着，上官齐抱拳施礼，哥舒唱连忙托起他："齐叔要折煞我吗？"

营帐里最委屈的却是上官策，见两人说完了正事，终于忍不住问道："有这样的战策，为什么不先告诉我？好歹我也是军师啊，害我白担心一场。"

哥舒唱没有说话，上官齐已道："告诉了你，你便不怕了吗？你不想自己为何想不出这样的计策，反而埋怨别人没有告诉你——我问你，就算告诉了你，除了让你安了心之外，能有什么用处？沙场本就腥风血雨，脑袋本来就是提在手里的，无论发生任何事情，最最无能的莫过于只知道害怕的人。"

哥舒唱知道上官齐是见到自己儿子在风沙来临时面无血色的模样，对儿子伤心失望，所以话说得极重。然而上官策分明是个文弱书生，只知舞文弄墨，兵书虽然读了几本，却没有半点儿军事

才干。让他当军师,完全是冲上官齐的面子——半个多月的行军下来,几乎人人都知道真正的军师其实是上官齐。

上官策听到这些话,脑袋低下去,血气却涌上来,蓦地,他跪下来,道:"上官策请令去追月氏逃兵,请少帅恩准!"

哥舒唱道:"程将军已经去追了。"

上官策直挺挺跪在地上,起不是,跪下去又不是。他是独子,在家里受尽祖母和母亲的宠爱,人人都夸他才华横溢,文采风流,哪知到了军中,做什么都不对,说什么都要挨训。心里又羞又怒,到了今天终于忍耐不住,他大声向上官齐道:"既然我这么没用,当初为什么一定要带我出来?我一点儿也不想打仗,什么军师,你以为我愿意当……"

"啪"!

一记耳光落在上官策的脸上,将他的脸打得偏到一旁,嘴角渗出血丝。

上官齐已气得脸色发白,出手打人的是哥舒唱。

"征战沙场是男儿的骄傲,畏惧战争的都是懦夫。"哥舒唱的声音低沉,眼神也沉沉的,"你要是别人,要做懦夫我也由你。可你是玉笔军师上官齐的儿子,你身上流着上官氏的血!你应该听说过护国将军哥舒翎与玉笔军师上官齐的沙场神话,要是个真正的男子汉,就要以有这样的父亲为荣!我已决定用一身哥舒氏的血肉去将哥舒翎踏出来的路走下去,而你——你也要走下去!"

上官策抚着脸,呆呆地看着浑身散发着强烈气势的少帅,一个字也说不出来。

"既然已经出来,不打胜仗就不能回去!你要是这样回去,就是逃兵。历来对付逃兵的手段只有一个,那就是杀无赦。"哥舒唱

沉沉地望着他，"要么胜，要么死，这是战士的天命。"

说着，他伸手把上官策从地上拉起来，叹了口气，声音已经柔和了许多，道："我要成为我父亲那样的人，你也应该成为你父亲那样的人。作为男人，就是要像他们一样建功立业，千秋万代被后人赞颂。默默无闻或许能保平安一生，但那样庸碌的一生又有什么用？上官兄弟，我们一起努力。"

上官策仍旧怔怔的，听到最后一句，忽然眼眶一热，"哇"的一声哭出来。

上官齐长长叹息。老将军，您的儿子智勇双全，已经胜过了当年的您，而我的儿子，真不知道将来会怎么样。

（四）

天亮以后，打点行装，晏军折损五十名兵卒、两名士兵、一名将领，另有两百多人受伤。

哥舒唱仔细查看死者的伤口，那位阵亡将军和两名士兵都伤在胸膛，利刃透胸而入，血肉模糊。

飞月银梭。

只有那样可怕的兵器才能造成这样可怕的伤口。

哥舒唱沉默地合上他们圆睁的眼睛，良久起身，吩咐拔营前行。

昨夜追击月氏的程将军无功而返，这在哥舒唱与上官齐的意料之中。月氏人熟悉大漠，加上月氏铁骑脚速名扬天下，想在沙漠里追上他们，比登天还难。

月氏是游牧民族，大部分居民都是住帐篷，并且随四季迁移，居无定所，这样漂泊的生活方式很难形成城镇，全国能形成规模的

城市不过三五处。

而昌都城,就是其中最繁华的一座。

没有到昌都城之前,谁也没办法想象荒凉的沙漠居然可以有城镇,然而城镇就耸立在他们面前,城郭高耸,月氏的弓箭手在城头上严阵以待。

两国和平相处的时候,昌都城是一处兴旺的商市,大晏人在这里出售大米、茶叶、瓷器和丝绸,换取月氏的宝石和马匹。

但是自从哈路王登上国王宝座后,月氏人不再满足于这样的交换,他们想要更多,更多。

月氏人骁勇,男女皆善骑猎,在国王的许可下,部分民众开始抢夺大晏人的财物,甚至侵扰大晏边境的几座城池。

他们总是如一阵风沙般来袭,卷走一切可以卷走的东西,然后烧掉一切卷不走的东西。守城军士不是他们的对手,当大队人马赶到时,他们早已消失得无影无踪。

大晏为当今大国,天下小国无不臣服依附,唯有月氏时附时反,反复多年,朝廷终于被激怒,派十万大军前来讨伐。

历经四天的行军,剿灭几个小部落的反击,大晏三军在昌都城外安营扎寨,月氏人马闭门不出,坚守城池。

哥舒唱与上官齐在商议攻城战略,上官策在一旁认真地倾听——自从挨了哥舒唱一耳光后,他比从前认真许多。虽然还不见有什么进步,但这态度令上官齐十分欣慰。

攻城之前,照例要发一封劝降书上去。上官策主动请缨撰写劝降书,果然有几分文采,挥毫落笔,片刻而就。

哥舒唱一看,微微一笑。上官齐命人抄好绑在箭上射到城墙上去。

上官策很高兴自己能做点儿事，正要说话，忽听帐外一阵喧哗，有人大叫道："哥舒唱，给我出来！"

竟然有人在帐前生事，哥舒唱走出帐来，只见兵士们已将一人团团围住，那人浓眉大眼，一双眼睛异常明亮，腰上拴着只大葫芦，手里握着一把长刀。这长刀十分厉害，没有一个兵士能近得他的身，好在这人并无恶意，只是用刀背拍开众人，但千军万马，人多势众，再怎么功夫高强，也不能逼到帅帐前。

哥舒唱看他好像有几分面熟，挥了挥手，兵士让开一条路来，那人看见他，眼中闪过明亮的光芒，奔到面前，抱拳道："莫行南拜见哥舒师兄！"

他随随便便的衣摆上有一只亮翅的仙鹤，这是问武院的标志，而且口称"师兄"，自然是问武院的师弟无疑。哥舒唱微一点头，道："莫行南……我听岑夫子提过你的名字。"

莫行南大喜："原来你听过我的名字！那再好不过啦，来，我们来比试一场吧！"

哥舒唱以为他找到这边疆，是师门出了什么事，但问武院统领江湖，能出什么事？——哪知他居然冒出这句话来，最后一个字尚未落地，他手里的刀一挥，已摆开架势，道："师兄，亮兵器吧！"

哥舒唱皱眉道："是谁让你来的？"

莫行南答："我自己来的！"

"你可知道这是什么地方？"

"知道，月氏啊！"

"这是两军对垒的战场！"哥舒唱沉沉地看着他，熟悉少帅的人都知道这种低沉的眼神代表着少帅已经生气了。

"我知道啊!"莫行南却像没有丝毫感觉,再自然不过地道,"但你们不是还没有开始打吗?师兄你就抽空和我比一场吧!"

"看在你我同门的分上,我不计较你的无理取闹,你走吧。"说着哥舒唱回身便走,扔下一句,"不要逼我赶你走。"

莫行南见他不肯,收了刀,从他背后扑上去,大声道:"看拳!"

拳风凛冽,武功不弱,哥舒唱接了他一拳,旋即被他缠住,两个人拳脚往来,顷刻便对了几十招。哥舒唱武功略胜他一筹,可是左臂伤势未愈,伤口被不断扯动,疼痛难忍。心上腾起一股怒气,哥舒唱一把抽出架在一旁的重罗剑,这一手极快,长剑搁到莫行南颈边,怒道:"你闹够了没有?"

"哥舒师兄果然不愧是哥舒师兄!"莫行南脸上又是兴奋又是惊异,"这剑也超帅!"他反手去拔刀,想在兵器上跟哥舒唱较量一下,重罗剑一压,在他的脖颈上划出一线血痕,只听哥舒唱沉声道:"在问武院你我是同门,但在这疆场,我是主帅,你是闲人,你要是再捣乱,不要怪我手下无情。"

他的声音低低的,却隐含金石般的力量,莫行南终于感觉到了他的怒气,抓抓头:"我只是想跟你比试一下——夫子们说身刃状元中,只有你的功力高过我,我想试试你的功力到底有多高,看我们之中到底哪个才是少年第一高手——反正你现在也是闲着……"

一语未了,脖颈上的伤痕又重了几分。

"来人。"哥舒唱道,"把他绑起来,扔出去。"

莫行南挣扎,然而最终还是被捆成粽子扔到了营帐外,军医关心元帅的伤口,仔细检查了一下,好在没有裂开,重新给哥舒唱包扎好。

（五）

入夜，准备攻城，火把将这边城照得亮如白昼。

军鼓三响，正是只待主帅一声令下便要架梯攻城的时候，昌都城沉重的大门忽然慢慢打开，一队人马从里面冲了出来，月氏终于迎战。

为首的将领黑衣黑甲，火光下，肌肤雪白，眼眸碧绿，双唇如女子一般艳红，正是当日败走的月氏将领。

他的马极快，人未至，一道银芒已伴着奇异的尖啸声扑面而来，正是那诡异的兵器——飞月银梭。

飞月银梭带起一抹流光，从几名小卒身上划过，直指哥舒唱。

重罗剑出鞘，一剑荡开飞梭，斜刺里忽然飞出来一道人影，卷起刀光，一刀砍在飞月银梭银链处，银梭受到震荡，倒折回来，碧眼将领接住银梭，眸子里激起一片寒光，右臂贯力，飞月银梭往那人身上掷去。

啸声尖厉，无论准头与气势，都是必杀的一击。

那人浓眉大眼，赫然竟是被扔出帐外的莫行南，他避无可避，唯有硬接，刀面封住枪尖，"噔噔"倒退数步，跌在地上，旁边立刻有月氏人砍上来。

"谁也不许打扰我杀哥舒翎的儿子。"碧眸将领说道，飞月银梭已经收回，梭尖指向哥舒唱，"把你的人头交给我。"

飞月银梭飞向那人的一霎，是哥舒唱极好的机会，重罗剑已经挥出，却见莫行南倒地，这千军万马，不被杀死也要被踏死，哥舒唱一咬牙，身无他物，唯有摘下头盔，掷过去撞开那把刀，莫行南已跃了起来。

这一下牵动左臂伤势,更兼分了右手的攻势,重罗剑挥到碧眼将领面前的时候,碧眼将领已经收回了飞月银梭。这一剑含着巨大内力,劲气扑面而来,碧眼将领不敢硬接,身子往后一折,飞月银梭已然出手,在空中划了一道诡异的半弧,枪尖绕到哥舒唱后脑,尖啸着落下来!

哥舒唱唯有回身自救,两个人各自退开一步,哥舒唱问道:"你的父亲是明月阿隆?"

"不错!"碧眼将领傲然答,雪肤碧眼,这个月氏男子有着奇异的美貌,他道,"我就是鬼将军明月阿隆的儿子,明月苍!"

(六)

明月苍和哥舒唱一过招,莫行南已经知道是自己的失手给哥舒唱添了麻烦。哥舒唱挥出去的那一招,是须夫子最得意的剑招,名叫"日月生寒",若不是因为掷盔给自己,那一剑早已削下了明月苍的头颅。

莫行南怎么能当一个成事不足败事有余的人?他一声大吼,砍倒一名月氏骑兵,夺过马匹,挥刀向明月苍冲去,大声道:"哥舒师兄,你去攻城,把这家伙交给我!"

早些打完这场仗,哥舒唱就没有理由拒绝跟他比武!

明月苍就是仗着兵器诡异,招式上其实没有多少内劲,功力显然不强,莫行南满怀信心地冲上去就是一刀。

这是他最得意的一招,凌空破月,所向披靡。

飞月银梭在空中带起一抹银光,避过了他的刀锋,袭向他的后背。莫行南凌空跃起,再落回马背上,大吃一惊。

这兵器可真不容易对付。

莫行南这一跃，哥舒唱才看出这位师弟的轻功胜过自己许多，而轻功，正是克制这神出鬼没的飞月银梭的唯一途径。

只要身法比银梭快，明月苍就没有办法伤他。

哥舒唱放心地把明月苍留给他，重罗剑凌空一指，带领大军冲杀进去。

（七）

昌都城的攻克，是意料之中的事。

只是攻下城池后，才发现莫行南和明月苍一起失去了踪迹。

"莫少侠被月氏人捉走了。"兵士还交上来半幅衣袖，颜色质地，明显是莫行南的，只见上面蘸血写了几个大字：临都明月将军府。

临都，已经是月氏的京城。

这几个字的目的，是让哥舒唱去明月将军府？

上官策见哥舒唱的神色竟有几分郑重，忍不住道："少帅不是真想去明月将军府吧？"

哥舒唱没有说话。

上官齐道："只身去明月将军府，那无疑是自寻死路。我们唯有先攻下临都城，再进将军府救人。"

哥舒唱皱眉："如果攻城，莫行南便会死在明月苍手里。"

"要夺取城池，总是有死伤的。"这道理连上官策都懂得。

"将士们为战争献出性命，那是死得其所。可莫行南只是普通百姓，不能让他送死。"哥舒唱吐出一口长气，"再说，若不是他缠住明月苍，我们要拿下昌都城，恐怕还要费许多功夫。"

是的，不能让这位同门师弟死在明月苍手里，可是，怎么救

人?

（八）

　　大军到达临都已是十天后。这十天的行军速度非常缓慢，补充军需，将伤员留下养伤，然而最重要的原因只有上官齐和几位心腹将领知道，那就是主帅暂时离开了军中。

　　哥舒唱去了临都。

　　他穿着月氏男子最普通的衣衫，戴着月氏男子必戴的钟形帽子，带了一名向导，悄悄潜入了临都城。

　　临都城的繁华丰茂非昌都可比，月氏的都城，有种富丽的丰饶。各式的店铺货摊把长街点缀得热闹非凡，除去城墙上密集的箭羽和城内突然增多的士兵，这座城市仿佛不曾被战事影响，它仍然物阜民康。

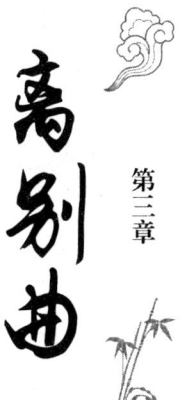

第三章 离别曲

（一）

城里非常热闹，各种各样的店铺把长街点缀得热闹非凡，吆喝声连绵不绝，新鲜瓜果已经上市，女子们携伴走过，身后留下淡淡的脂粉香气。

从乡间来到热闹的都市，看什么仿佛都觉得新鲜，珰珰坐在马车上，想下车逛逛，哥舒唱握着她的手，低声道："你忘了吗？公主的人可能在到处找我们，你不能随便露面。"

这句话打消了珰珰的兴致，她怏怏地靠在哥舒唱胸前，听着马车外热闹的叫卖声。人世间的喧闹，热腾腾的烟火气，能让人心里温暖充实。

她喜欢热闹的地方，喜欢华衣美服，喜欢享受人生，然而谁让她爱上了当今越阳公主的准驸马？她唯有放弃那些快乐。

她忘记了从前的所有，只记得在醒来的一刻，唱在旁边守护，眼睛里满是担心。

就是他的脸，刻在她全然空白的心上。

脸的轮廓英武不凡，眉宇间的神气没来由地让人安心，明明只是第一眼，感觉却无比熟悉，那一刻她就觉得自己爱上了他。

他也爱她，不知是谁在冥冥之中安排了这一切，他愿意为她辞去官职，愿意不做驸马，她也愿意为他四处躲藏，放弃热闹繁华的人世。

这是他们第几次搬家？第四次还是第五次？已经记不清了，反正唱一旦感觉到异动就会再帮她找下一个住处。

（二）

这次是在一条小巷里租了一所院子。房主是位四十来岁的妇人，寡居，过继了一个四五岁的孩子防老。

孤儿寡母没有什么收入，守着老宅坐吃山空，天上降下这样阔绰的房客，自然是喜上心头。按照哥舒唱的意思，本来是要这对母子搬出去的，但是珰珰道："要隐瞒我们的身份，他们就是个很好的幌子。让她对外只说我们是她的亲戚，有亲戚上门投靠，不是比平白冒出一户人家更好吗？"

哥舒唱知道真正原因是珰珰想多个人聊天做伴——她一向喜欢热闹——跟着来的仆人都是从小服侍他的，现在添个外人，他有些不放心，但看到她期盼的眼神，也不忍拒绝，点点头。

妇人夫家姓和，便叫和婶。和婶手脚麻利，帮珰妈打理家务，相当能干。哥舒唱留神看了两天，每月给她一两银子月钱，让她好好服侍珰珰。

小镇的生活显然比乡间的生活更让珰珰高兴。虽然因为容貌特异，不能上街，但和婶非常细心，总会给她带些新鲜的玩意儿。有时是女儿家用的脂粉，有时是一方别致的手帕，总胜过乡间的无聊。

每每收到这样的礼物，珰珰都非常开心，把胭脂盒拧开，递到

哥舒唱面前:"给我涂上。"

哥舒唱便用指尖蘸上一点儿,抹在她的唇上。

(三)

两个人在一起时间总是过得特别快。一天到晚,也没有做什么,只是两个人说说话。真不知道到底哪里来那么多废话,漫无目的地聊着,一天便又过去。

又过了几天,哥舒唱就要回京城了。他世袭了护国将军位,兼任兵部行走,公务繁忙得很,每次要出来时间都挤得非常辛苦。这一点珰珰也知道,因此每次他来的日子,她都格外快乐,也格外珍惜。同样,每次他走的时候,她也格外失落。

老仆人已帮哥舒唱笼好了马,珰珰埋头在哥舒唱怀里,不愿让他离开。

这柔情有些酸楚,哥舒唱的嗓子有些低哑,轻轻抚着她的发,道:"我很快就会再来……珰珰,相信我,很快,我们就不用再分开了。"

珰珰任性地抱着他,手在他背后绞住。

春夜的风微凉,昨天的这个时候,他还跟她解九连环,今天,他就要披星戴月离开。

不想分离。

一刻也不想。

是这样地贪恋,渴望永生永世,两个人连在一起,永远不分开。

哥舒唱轻轻揉着她的头发,英姿勃发的脸上有些酸楚和无奈。要是被他的部下看到,谁会相信心如铁石纵横沙场的护国将军也会因一个女人的怀抱动弹不得呢？

院子的花丛里虫声唧唧，栀子花开得正好，香气浓烈。

珰珰终于慢慢松开手，吸了吸鼻子，有些哽咽："等你再来，栀子花都谢了。"忽地，她又大声道，"要走就走！婆婆妈妈干什么？"

哥舒唱苦笑一下，叮咛："听话，不要出门让别人看见你。"

"我知道我知道！"珰珰看上去不耐烦极了，"你快走！"

哥舒唱转身出门，一身长袍衬得他身姿颀长，大步踏去，走到门边，他回头看了一眼。那一眼里有柔情也有苦涩，他知道自己对不起她。她想要的生活，她想要的幸福，他现在一样也给不了。

她的一丝魂魄仿佛跟着他一起离开，哥舒唱跨上马，她蓦然冲出去，跑到他的马前，碧绿眸子紧紧盯着他的眼，一字字道："哥舒唱，不要让我等太久。"

等得太久，我会绝望。

那样我会恨你。

不要让我恨你。

哥舒唱轻声道："放心。"

他打马离去。

马跑得那样快，旋即消失在小巷里。

在这个微凉的春夜，这条小巷上演着离别。谁也看不到离去的哥舒唱眼中刹那间起了一层薄雾，他咬咬牙，用力地把心中的酸楚强压下去。马鞭重重地抽在马臀上，那马负痛，悲嘶一声，飞跑起来。

（四）

那大概是哥舒家马厩里最辛苦的一匹马，马不停蹄地跑了两个昼夜，才到京城，一进家门，马就倒在门边。

老张是在哥舒家效力多年的养马人，一看这幅光景，摇头叹息："少将军，不是每匹马都能当追风骑呀！说起来你为什么让老路把追风骑回来呢？世上再也没有一匹马比追风更适合你了……"

哥舒唱早已习惯他的啰唆，就当作没听见，大步踏进书房，一看书桌上放的三尺来高的文案，赶路的疲倦仿佛一下子涌上来。

这些都是从兵部搬回来的案卷，战事已平，可是还有小群乱匪作乱。边疆的信函最夸张，偶尔有一起两国居民的殴斗，便要渲染成他国的挑衅，要求兵部发兵征讨。

自从月氏那一仗，所有人都相信他们有个战无不胜的护国将军，谁敢碰他们一下，就要狠狠地打到对方老巢里，以扬大晏军威。

从前的自己，也是这样的呢。谁敢蔑视大晏军威，一定要让他好好尝尝苦头。

而今看到这样的函件，他却只想倒在床上好好睡一觉。

他打了个哈欠，问："这封信是十日前送达的，清大人这些天都没来吗？"

下人回禀："清大人也出京了，没法儿替您看。"

哥舒唱倦极，支撑着看了一个时辰，终于抵不住睡意，手撑着额头，居然一下子就进入了梦乡。

两天两夜没有好好休息，他睡得又甜又香，恍惚中感到有人往自己身上搭了件衣裳，眼睛却累得睁不开。待醒来时，晚霞已经把天空染红，书房里浸着一片霞光。

旁边侍候的下人不见了,全都换成了一色的宫装女子,见他醒来,纷纷行礼:"给将军请安。"

一见这阵势,哥舒唱便知道替自己盖衣裳的是谁了。

一名宫女道:"公主已经准备好了饭菜,请将军到偏厅用膳。"

(五)

公主在厅上巧笑倩兮,不待他请安便自己站起来,道:"将军快坐。将军一定饿了吧?"

"多谢公主。"

"这是我跟阿蛮学的手艺,请将军尝尝。"

"多谢公主。"

"在我面前不必拘谨。"越阳公主替他夹菜,柔声道,"我即将是你的妻子,妻子服侍丈夫,是应该的。"

哥舒唱的筷子微微一僵,道:"公主是万金之体,怎敢劳公主屈尊?"

他这样客气,气氛如何也热络不起来,越阳公主却丝毫不气馁,又道:"我替你做了一套衣裳,放在你屋子里,吃完饭,你试试看合不合适。"

"多谢公主。"

"我听说你这些天为地方军务出城,一定很辛苦吧!父皇命我带了些药材来,我已经吩咐厨房好好熬给你补身体。"

"谢皇上关爱,谢公主盛情。"

公主一笑,替他斟上一杯酒,问:"不知是哪个地方的军务出了问题,要让你亲自去处理?"

哥舒唱道:"小地方。"

"可处置好了吗?"

"快好了。"

"那你还要再去?"

"嗯。"

公主放下筷子,注视着他。

朝中的少年子弟无数,长得俊俏的勇武的斯文的刚强的无一不有,可她偏偏看中了他。一般的武将太粗糙,文臣又太柔弱,唯有他才有这样的英气,又有这样的优雅。

可偏偏这样冷淡。

"我记得你以前不是这样的。"公主轻轻地道,"去月氏之前,我还在御花园见过你一次,你还和颜悦色,同我聊天。"

哥舒唱已搁下筷子,沉沉的眸子对上她的,不悲也不喜,没有表情,淡淡道:"公主好记性。"

"我知道我当初不该那样逼你,可我没有办法容忍那个异族女子,她竟敢说你只能娶她一个人……"公主的声音轻轻颤抖,所有的雍容都在这一刻卸下了伪装,她只是个为情所苦的女人。

她握着他的手臂,道:"将军,我知道你恨我,可是,这都是因为我心里只有你,明知你恨着我,我也求父皇赐婚给我们……将军,我不反对你纳妾,你现在就可以把那名女子接回来,不要这样两头奔波了,太辛苦。"

哥舒唱神色一变:"你说什么女子?"

公主凄然一笑:"我到兵部问过,天下太平,根本没有什么军务要身为兵部行走的你亲自去处理。你在外面有了喜欢的女人是不是?你把她带回来吧!我不会为难她,我会好好同她相处的。"

"公主误会了。"哥舒唱淡淡道,"兵部的机密军务,是不能随意泄露的。公主是皇家内眷,更不用知道这些事情。多谢公主来看我,天色不早了,公主请早些回宫吧。"

说着,他站了起来。

公主的脸色变了数变,再多的修养终于压不住怒气,她一拂袖,杯盘被扫了一地,她大声道:"哥舒唱,你不要太过分!"

哥舒唱微微俯首,面不改色。

"我要得到的东西,从来就没有得不到的!我知道你是为了那个异族女子怨恨我,可我不后悔!谁阻止我嫁给你,我就会除去谁!你最好不要怀疑我有这份能力!"

"我从不怀疑这一点。"哥舒唱平静地说,"但是我已递上辞呈,皇上总不会把公主许配给一介平民。"

越阳公主一震:"你要辞官?"

"是的。"

"我不信!"公主直直地盯着他,"就算你舍得这世袭的爵位,你怎么能辜负你父亲的期望,又怎么能让哥舒家的姓氏从今消失在大晏的史册里?我不信!"

"信不信由你。"哥舒唱微微躬身,"末将恭送公主回宫。"

"你……"公主眼里几乎要冒出火来,"你若真的辞官,会后悔一辈子!"

哥舒唱不语。

公主拂袖而去。

(六)

第二天早朝,哥舒唱的辞呈被驳了回来。

"这样的东西,先给你父亲看。"皇帝道,"若是他愿意让自己的儿子亲手断送哥舒家的爵位和声威,朕便准你所请。"

折子被扔在大殿当中。

皇帝一向温厚,除非发极大的脾气,否则从来不会这样轻慢臣子的奏折。

朝上的大臣纷纷交头接耳,不知哥舒将军的折子里到底写着什么。

哥舒唱默默地将折子捡起来。

退朝后,哥舒唱回到府里,望着折子出神。

"哥舒老将军要是看到这张折子,一定比皇上还要生气吧?"

声音从门口传来,来人身穿儒装,浅灰色的衣带将他衬托得飘逸出尘。

"清和?"哥舒唱微微一怔,"你回京了?"

"嗯。"清和在他面前坐下,就如同在自己房里一样自然,道,"其实还有别的方法的。"

"哦?"

"趁着现在赐婚的圣旨还没下来,我找人替她换一副容貌,娶她进门,先斩后奏,皇上总不能让你休妻,顶多找个碴儿罚你一点儿俸禄——但得快,万一圣旨一下,抗旨不遵的大罪,就是哥舒老将军也吃罪不起。"

哥舒唱默然,半晌道:"不行。"

清和有丝讶异:"为什么?这是最稳妥的办法。"

"我以为你会懂的……"哥舒唱看着他,"我以为你当初帮我,你是真正懂的……清和,我怎么能为了跟她在一起,让她没有了身份,没有了姓氏,甚至连自己的容貌也没有?"

"容貌……"清和一叹,"既然连一切都没有了,又何必在意容貌?"

"让她顶着一张陌生的面孔和我一起生活,我……我……"哥舒唱的头垂下去,双手抱着头,"不能这样……太自私,太自私了。"

清和默然,道:"前面已经做了那么多,只差最后一步,你甘心就这样放弃吗?"

"我还有一条路。"

"嗯?"

"挂印。"

清和眉毛一皱:"我没有想到哥舒唱也会有这样任性的念头。"

哥舒唱苦笑。

是太任性了……挂印一走了之,皇上那头怎么办?父亲那头怎么办?

他从懂事起就被誉为"最像哥舒翎"的孩子,在哥哥们已经上战场随父亲杀敌的时候,他被送进问武院,修习十八般武艺再随父出征,那个时候,三个哥哥都已经战死了。

"我只剩你一个了。"父亲说。

唯一的儿子,唯一的希望,哥舒家唯一的延续。

二十二岁那年,他承袭护国将军位,英武年少,得到越阳公主垂青,大路通天,青云直上。

不可以任性。

你不是自己的,你是哥舒家的。

你姓哥舒。

你要优秀,最优秀。

承父位,打胜仗,娶公主,这是命运对他的奖赏,需要他一直付出所有努力去回报。

只是,很累。

他无力地撑住自己的额头,此刻,无比思念她。

跟她说话。一起吃饭。摘一朵花簪到她的鬓边。在她唇上轻轻一吻。细细的流水,细细的阳光,日子就这样一天一天地过去。

生命的意义到底在哪里?到底要做什么?

什么都不愿去想。

只想两个人,在一起。

(七)

正在跟小孩儿玩的珰珰忽然打了个喷嚏。

和婶关切地问:"着凉了?"

"不是。"珰珰笑,"是唱想我了。"

和婶也跟着笑,小孩子扯着珰珰的衣摆,要求她再跟他玩石子。

和婶问道:"这位唱公子,家里是大官吧?"

"咦,你看得出来?"

"世家子弟,跟旁人是有点儿不同的。"

"嗯,他跟许多人都不一样。"虽然她并不认识多少人。

"他家的少奶奶很厉害吧?"

"应该很厉害吧?"毕竟是公主啊,"不过他们还没有成亲。"

"没有成亲就将唱公子管得这样严?"和婶咋舌,"这女人可了不得。"

珰珰一笑。

和婶小心翼翼地问:"你的家里人,同意你这样跟着唱公子吗?"

"家里人……"珰珰叹息,"我不知道我家在哪里,也不记得我的家人。"

这样的回答在和婶看来是一种伤心的回避——她真是越来越同情这位异族姑娘。

异族女子在大晏世家是不受欢迎的,珰姑娘一定是在唱公子的家里受了委屈吧,才不得不这样偷偷摸摸地躲到这个小城中。

"珰姑娘,你别嫌我多嘴。咱们都是女人,将心比心,我才多这个嘴。"和婶道,"你总不能一直这么下去啊,你得为自己的将来着想。"

"怎么着想?"

"赶快替唱公子生个孩子!有了孩子,名分就定下来了。母凭子贵,就是这个道理。"和婶道,"镇西边有座送子观音庙,特别灵!什么时候我陪你去拜一拜,一准能生个大胖小子!"

"孩子?"珰珰从来没有想过这个问题,目光落在一旁玩的小孩儿身上,小男孩虎头虎脑,十分可爱,忍不住心里一甜,问,"真的很灵吗?"忽又想起,"不行,唱不想我出门。我长得跟你们不同,出门很容易被人注意。"

"这很简单。"和婶很愉快地支招,"戴上风帽就好了。"

当下和婶便翻出一只风帽,帽檐垂下布帘,珰珰嫌不方便,让丫鬟找出一条轻纱裙裁下一大块,替换下厚厚的布帘。

戴上之后,外面的人看不清里面人的面目,里面人却能很轻松

地看见道路。

这是珰珰第一次出门,走在路上,总有认识和婶的人打听这位身姿高挑曼妙的女子是谁,透过轻纱,隐隐只看到一点朱唇,红得耀目。

和婶只说是自己远房的外甥女,听说这里的送子观音灵验,专门过来求子。

庙里香火很盛,进进出出几乎全是女子。

孩子是否注定是女人操心一辈子的事?年轻的女子想要个孩子,年老的想为孩子求个孩子。

珰珰学着和婶的样子跪下,从来没有拜过菩萨,面前这高大慈悲的漆像真的有人们所说的那么通灵吗?

菩萨,你真能听到我的愿望吗?

我希望自己可以做唱的妻子,可以牵着他的手逛街,可以成为他的家人,可以朝朝暮暮地看到他,一生一世都不分开。

有孩子固然是好的,没有孩子也没有关系。

我只要有唱就可以了。

"请菩萨保佑我们生生世世永不分离。"

耳畔仿佛有这样的声音。

这是自己的声音。

心里是这样想的……却有一丝恍惚,那个人好像并不是自己……隐约看见两个人跪在佛前,虔诚跪拜,"请菩萨保佑我们生生世世永不分离。"

生生世世,永不分离呵。

菩萨真能保佑吗?心里却已忍不住相信,菩萨已经听到,并且会帮自己实现。

（八）

虽然明知道即使轻纱遮住了自己的脸，却遮不住周围人的好奇，回去的路上，珰珰还是忍不住逛了逛。

喧嚣的叫卖声，街上拥挤的人群，茶楼里飘下来的小曲，热闹的红尘，俗世的快乐，对她有致命的吸引力。

茶楼上二胡咿咿呀呀地拉，十四五岁的女孩子娇声细气地唱。

起初她不知道那乐器的名字，还是和婶告诉她的，说完，和婶感叹："你竟然什么都不知道——难为你的汉话倒说得这么好。"

这话说得珰珰怔了怔。

按她的容貌，应该不是汉人。为什么却说得这么好的汉话？

她记得睁开眼睛的时候，唱问："你醒了？"

她毫无疑问地听懂了，点点头，又问："这是哪里？"

那是一间小小的民房，房主是路妈的女儿和女婿。路妈在街上看到她晕倒在路边，所以把她捡了回来。

她的所有回忆，就是从这一刻开始。

意外昏倒，贵人相助，遇上英武又优雅的男子，爱上了他。

之前一大片的空白，什么都没有。因为没有一丝线索，所以干脆放弃了希望。

反正这样的日子也不赖，她有唱。

有唱，就足够了。

女孩唱："捍拨双盘金凤，蝉鬓玉钗摇动。画堂前，人不在，弦解语。弹到昭君怨处，翠蛾愁，不抬头。"

她小小年纪，自然解不出词中意，但是声音婉转，别有一股动人处。听到"画堂前，人不在"，珰珰怅然一叹，轻轻和着她的曲

调唱了一遍。

她的声音低沉,吟唱时有轻轻的沙哑,里面仿佛有着历经岁月风霜跋涉而来的涩意,就像第一遍的浓茶,入口总是苦涩,然后便是回甘。

茶楼里的客人们都望过来,轻纱帽檐遮住了她的面容,隐约看见红唇一点,十分明艳。

珰珰叹了口气,向拉二胡的爷爷道:"老人家,人生苦短,需及时行乐,你拉这么伤心的曲子做什么?换点儿喜气的吧!"

"二胡声音暗涩,越悲伤的曲子用二胡拉越好。"答话的却是唱曲的女孩子。

珰珰掏出一锭银子递给她,笑道:"那么,不要二胡了,换别的吧。"

女孩子看了看银子,又扭过头去看了看爷爷,道:"我爷爷只会拉二胡,要是姐姐想听,我可以弹别的。"

说着,从角落里拿出个包袱,解开来是一把三弦琵琶。她拨了两下试声,珰珰道:"你不用拨子吗?这么弹手不疼?"

女孩子"呀"了一声,这是她第一次在人前弹琵琶,对方又给这样高的赏钱,一时紧张,居然忘了拿拨子。

和婶问:"姑娘弹过琵琶?"

"没有呀。"珰珰道。

和婶点点头:"那就是以前看别人弹过。我见你不知道二胡,以为你也不知道琵琶,正想告诉你呢。"

"也没听过。"珰珰随口答,一面看那女孩子调音,女孩子的手法不是很熟练……

她蓦然怔住。

她可以肯定，自己没有弹过琵琶，也没有看人弹过琵琶，但是，她何以知道弹琵琶要用拨子？何以知道不用拨子手会疼？

何以知道这女孩子弹琵琶的手法不熟练？

这种冥冥之中的笃定由何而来？

难道说，在失忆之前，在那一段完全空白的时间里，曾经，曾经有过一只琵琶？

早已灭绝的希望，忽然之间，仿若死灰中掀起一点儿火星。

以前……以前……她的以前……

她的手控制不住地颤抖，杯里的茶倾在身上。

琵琶声已经响起。

第四章 琵琶误

（一）

琵琶声自头顶飘落，声声如珠落玉盘。忽而急如云涛四起，忽而清若雨打疏荷。曲调很奇特，然而技艺娴熟非常。这琵琶声一响起，整个街市仿佛都安静许多，商贩们的叫卖声都不由自主地停了下来。

哥舒唱忍不住停下脚步。

他很少有这样的闲情来听曲，但是父亲喜欢听琵琶曲，家里经常请琵琶名师上门。这人弹的琵琶跟那些人都不同，仿佛可以把人的魂魄勾住。

一个声音低低地响起。有轻轻的沙哑，仿佛这嗓音就是琵琶上的一根弦，被谁轻轻拨弄。乐声衬着歌声，歌声化在乐声里，分不出彼此。

唱的是月氏方言，哥舒唱听不懂歌词，可音乐没有民族与地域的限制，听来里面仿佛有历经岁月风霜跋涉而来的涩意，像茶，入口浓涩，回味甘甜。

便在此时，楼上却又响起乐声，琵琶还是方才的琵琶，声音还是方才的声音，这一次，唱的却是汉话。

只听她唱道:

太阳下呀,风尘沙呀,谁曾看见风中的玫瑰花?

那野刺荆棘,是他为我摘下,

他把它轻轻插在我的发。

他说要带我回他远方的老家,

他说世上只有我这一朵开在风里的花。

我记得他,我记得他,

眉呀眼呀永不忘他,

可他怎么还不来,还不来迎我回家?

难道他忘了吗,我在这里等着他?

原来是段男女相悦的情歌,一个女子痴心的等待,被这婉转低哑的声音唱得荡气回肠。

曲调都是一样的,仿佛是前面一段的翻译。

一曲终了,楼下的百姓仿佛舒过了一口气来,纷纷交口称赞。

向导见他凝神倾听,便把百姓们的话翻译过来告诉他:"他们说,楼上的人是明月小姐。"

明月?

这个姓氏让他悚然一惊,沉浸在曲调中的神思迅速收回来,吩咐道:"去打听一下,是哪个明月小姐。"

向导听命而去,然而不用等他回来,哥舒唱已经知道她是哪个明月小姐。

楼上的毡帘掀开,她笑着靠着窗栏,仰起头,酒杯高高地扬起,酒成一线,流进她的嘴里。

她的唇鲜红,就像她唱的玫瑰花。

她的肌肤雪白,更衬得那抹红夺目惊心。

她睁开眼,一双碧绿的眸子在阳光下粲然生光。

这眉眼五官,无一处不像极了那黑衣黑甲的明月苍。

向导回禀:"她是鬼将军明月阿隆的女儿,明月苍的双生妹妹,明月珰。"

(二)

哥舒唱踏着窄小的楼梯上楼去。

他的帽檐压得极低,没有人看出来的是个汉人。

向导用月氏话叫了酒菜,两个人坐在一旁。

明月珰所坐的地方在一个半敞开的雅间里,陪伴她的是两个英俊的少年,他们殷勤地帮她倒酒。她已经喝得半醉,碧绿眼眸波光潋滟,身子靠在栏杆上,面若桃花。

两个少年露出得逞的笑容,意欲扶她起来。

她笑着推开他们:"小东西,你们以为我醉了吗?想占我便宜?"

她开口居然是汉话,那两个少年显然听不懂,被推开又想扶她。

哥舒唱想起明月苍,这两兄妹,汉话居然都说得字正腔圆。

她又喝了一杯,醉意更深了,对着两名少年说了几句话。这下却是月氏话。向导告诉哥舒唱:"她让他们打一架,谁赢了她就嫁给谁。"

漠上男子本来好斗,听到美人这样说,两个人立刻跃下楼。叽里咕噜大声说了几句话,大约是要大家做证。

明月珰趴在栏杆上,一手拎着酒杯,笑嘻嘻地看着他们。

这是个好机会,哥舒唱大步走到她面前,出手快如闪电,封了她的穴道。

　　她妩媚的姿态僵住，眼珠转过来，竟然异常灵活，一点儿也不像喝醉的人。他在高，她在低，她毫不费力地看到了帽檐底下的脸，脱口而出："哥舒唱！"

　　哥舒唱一惊，飞快封住她的哑穴。不想引人注意，他装作扶她的样子，半扶半抱地将她搀下楼，在楼梯上把自己的外袍脱下来罩在她身上，再从门口离开。

　　在楼下打斗的两名少年吸引了许多人围观，没有人注意这边，天遂人愿，哥舒唱顺利地蹿进一条小巷。

　　向导在小巷的尽头找到一间废弃的民宅，三人才要进去，忽有巡逻的士兵远远喝了一声。

　　向导慌了神："怎么办？"

　　哥舒唱道："他问起，就说我们是明月家的仆人，送小姐回家。"他一面说，一面把盖在明月珰身上的外袍脱下来，露出她一身大红的衣衫，明月珰双眼紧闭，面若桃花。

　　哪知巡逻士兵一看见明月珰的脸，连问也不问，嘀咕一句便走开。

　　待他们走远，向导翻译道："他们说'你家小姐又醉了吗？'"

　　看来这位明月小姐白日大醉在临都城是件极平常不过的事，没想到明月苍有这样的妹妹。

　　哥舒唱这么想着，忽见明月珰原本闭着的眼睛睁开来，还对他眨眨眼。

　　哥舒唱一怔，沉声问："为什么装晕？"

　　明月珰眨眨眼。

哥舒唱解了她的哑穴。

"呼——"她长长地吐出一口气,嫣然笑道,"反正就算跟他们打眼色也没有用,那几个小兵在哥舒将军眼里算什么呢?再说,我要敢乱给他们打眼色,最终惹恼了你,吃亏的还是我自己吧?已经落进了你手里,当然要听话一点儿……要是你能让我动,我会更加听话的。"

哥舒唱望着她,目光沉沉:"你知道我?"

"嗯,哥哥跟我说过你。"

"那你也应该知道我父亲的事。"

"嗯,你父亲杀了我父亲。"

她说话的语气轻松极了,杀父之仇,甚至不比一杯酒更能提起她的兴趣。

她什么都知道,却什么也不关心。哥舒唱明白了这一点,微微惊讶,伸手解了她身上的穴道。

她终于可以活动自如,伸了伸腰腿,挥了挥胳膊,在屋子里转了一圈,旋身在一张毡垫上坐下,托着下巴道:"想知道什么,你问吧。"

这所民宅大概废弃已久,屋内布满灰尘,那张毡垫已经脏得看不出原来的颜色。她的姿态却十分娴雅,就像在自己房里绣床上一样自在,腿极纤长,身姿曼妙。

哥舒唱在她对面坐下:"你可知道你的哥哥带回来一个汉人?"

"嗯,莫行南。"

哥舒唱挑了挑眉:"那么,你知道我的目的了吧?"

明月珰很听话地点点头:"明白。"说着,解下腰上的璎珞，交给哥舒唱，"你把这个拿去给我哥哥看，他自然明白你的意思。——呵，我想他一定很吃惊，绝对想不到晏军主帅居然一个人跑来临都了呢！"

向导找了个路人，许了点儿银子让他把璎珞带去明月将军府。

现在要做的，就是等待明月苍的反应。

（三）

民宅里明月珰悠闲得很，仿佛一点儿也不为自己被挟持的事实着急，她问："你施的是什么法术？为什么我突然不能动也不能说话？"

"那是中原的武术。"

"这也是武术？"明月珰讶然，"武术不是刀剑拳脚吗？"

"这是点穴术，属于武术的一种。人身有三百六十处穴位，点中相应的位置，可以令人不能动弹，不能开口，也可以让人晕倒，让人大笑。点中死穴，则令人死亡。"

说着哥舒唱怔了怔，他为何要跟敌人的妹妹讲这些？也许是明月珰漫无目的的悠闲感染了他，在这语言不通的异域，他孤身而来，整个人紧绷成一把剑，绷得太紧了，自己也隐约感到疲惫。

"中原可真是奇妙的地方。"明月珰笑着说，"我听说中原有个地方叫作姑苏，那是最美丽的一座城，你去过姑苏吗？"

"那是我的故乡。"

他的声音有些低沉。

明月珰从里面感觉到一丝惆怅，追问："怎么？那儿不好？"

"那里很好……我只有在祭祖的时候去过几次。"

"哦，你的父亲是大官，你们一家应该都在帝都。"

"嗯。"

"所以,你有时会想念姑苏,是吗?"

她说这话的时候俯过身来,碧绿眼眸直视他的瞳孔,那绿就像初春时的水草,一望无际,哥舒唱忽然一怔,说不出话来。

"我很想去姑苏。"明月珰说,"有人告诉我,姑苏的风是香的,有花的香、树叶的香、布料的香、流水的香、细尘的香;也是甜的,桂花酿的甜、酸梅汤的甜、汤圆的甜;还是软的,风中有软软的曲调,软软的歌喉,姑娘软软的手会伸进水里,采撷鲜菱。小伙子水性好,钻到水里,半天冒出头,拎一尾鲜活乱蹦的鲤鱼,中午,便有清蒸鲤鱼上桌……"

她的声音有低低的沙哑,像她的歌声一样有浓茶的涩感,然而听上去却又特别舒服,就好像那一口茶之后的回甘。

哥舒唱在她的声音里默然半晌,道:"告诉你这些的人,一定是个姑苏人。"

"嗯。"她莞尔一笑,雪肤红唇,美艳异常,"是家母。"

哥舒唱一怔,难怪这两兄妹会说汉话,原来母亲就是汉人。

"想不到吧?"明月珰笑嘻嘻,"我也算半个姑苏人呢!"

见他不说话,她又道:"嗯,你一定在想什么样的因由,让一个姑苏女子嫁到这万里关山之外,对不对?"

哥舒唱微微讶异,这个女孩子眼睛犀利得很。

"因为这也是我很好奇的事情呀!"明月珰托着腮,看着他,嘴角有丝不怀好意的笑,"你想不想知道为什么?"

哥舒唱淡淡道:"做子女的不该这样议论父母的事吧?"

"噫,原来是个道学先生,我还以为你挺有趣的呢!"

没过片刻,她又问:"喂,你想不想知道?点个头,我就告诉你。"见哥舒唱不搭理，她噘了噘嘴，"哼，明明心里很想知道，嘴上却这样硬。你们这些男人啊，承认对这种事情有点儿兴趣会怎么样？"

哥舒唱道："我想你更应该考虑的是你哥哥会不会来接你。"

"说不准，我哥做事一向不靠谱。他也许高兴，就来，也许不高兴，就不来了。反正我的死活都已经捏在你手里，我已经认命咯。"

她说得随随便便，轻松无比，那感觉怎么说也不像一个已经认命的人吧？

然而大半天过去，明月苍真的没来。

这名人质却十分悠哉，问："有吃的吗？肚子有点儿饿。"

于是向导出门买了食物回来，她看了看，皱皱眉："唉，没有我爱吃的羊肉卷饼。"

哥舒唱再镇定，听到这句话，额头还是暴了暴青筋。

聪明的人质立刻察觉了，马上灿烂地笑："不过这些也不错，呵呵。"

（四）

时间一点儿一点儿过去，夜幕已经降临，明月苍依然没有动静，人质已经在询问休息问题："有被子吗？晚上会很冷。"

若不是两个人长着如此相像的容貌，哥舒唱一定要怀疑眼前这个女孩子到底是不是明月苍的妹妹。

明月苍到底是什么样的人？亲妹妹落入别人手里居然还能按捺得住？

就算明月苍不把亲情放在心上，也应该猜到挟持妹妹的人除了

哥舒唱不会再有别人，他不是心心念念要为父亲报仇吗？现在哥舒唱把自己送入了临都城，他怎么能放过这样的机会？

天黑了，失去太阳的照射，沙漠的冰冷面目慢慢露出来，风往残破的窗棂里灌，寒气重起来。

明月珰不断地对着自己的指尖呵气，靠跳动着来取暖，一面悄悄看着这个年轻的大晏主帅，他靠在墙边，闭着眼睛，眉头微微皱起。

真是英武的男子，连皱眉的样子都十分迷人。

蓦地，他睁开眼。

她吓了一跳，后退一步。

他捉住她的手臂："带我去找明月苍。"

"他不来找你，你就去找他？勇气倒是可嘉，可是很冒险呃……呃……"

他的手一带，将她背在了背上，她的话说不下去了，只怔怔问："你真要去？"

"嗯。"

"那边可能已经是龙潭虎穴……纵使这样你也要去？"

哥舒唱"嗯"了一声，用腰带将两个人绑在一起，顺便点了她的穴道，避免背后受敌。

"为什么？"她忍不住问了出来，"那个莫行南，是你什么人？你为什么要为他这样拼命？你知不知道你是三军主帅，怎么能这样置自己的安危于不顾？"

"因为战争不能让老百姓丧命。"

"那家伙不是普通百姓。"

"但也不是军人——往哪边走？"

"我不信！"她仿佛赌气似的，"你骗我，这不是理由。"

"是什么理由重要吗？"哥舒唱停下脚步，"告诉我将军府怎么走。"

这一句已是命令，明月珰却像是没有听见，道："一个为了把敌方将领陷入埋伏，不惜让自己的兵士驻在风沙里的人，绝不可能只为单纯一个百姓不顾生死——哥舒唱，你来临都的真正目的是什么？"

她说这些话，脸上已经没有了之前那种漫无目的什么都不关心的神情。她的眉头紧皱，语气里也有一股急迫，哥舒唱讶然地回头，正对着她那双碧绿的眸子。一刹那哥舒唱有种极怪异的感觉——背上的人，好像不是明月珰，而是那个黑衣黑甲的明月苍。

认真起来的明月珰，像极了明月苍。

"你真想知道？"

她点头。

"因为他是我师弟。"哥舒唱道，"我是三军主帅没有错，但也是他的师兄。我哥舒唱，不能眼睁睁看着同门被敌人掳去而置之不理。"

"那你的军队呢？只顾你的师弟吗？你不想打胜这场仗吗？"

"这场仗一定是大晏胜。"哥舒唱说得笃定，眼中有星芒如针如刺，"如果没有十足的把握，我不会来临都。我会是一个尽职的元帅，同样是一个尽职的师兄。"

明月珰怔怔地看着他："你这样有把握两者兼顾？"

哥舒唱微微一笑，自信的神采令他英武的面容放射光彩："我会是一个尽职的儿子，一个尽职的臣子，一个尽职的朋友，同样，还会是一个尽职的敌人。——明月小姐，现在可以告诉我，将军府

怎么走了吗?"

她怔怔道:"这样……不辛苦吗?"

他的声音轻却坚定:"这在我的能力之内,是我应做的。"

明月珰呆呆的,似是痴了。

(五)

夜露深寒,街上少有行人,他脚下飞快,不一时便到了明月将军府。

明月将军府,是鬼将军明月阿隆的宅第,现在的家主,是明月阿隆最后一个儿子,明月苍。

门前有两盏灯火,哥舒唱轻轻从墙头跃进去,落地无声。

院子里静悄悄。

哥舒唱低声问:"莫行南被关在哪里?"

明月珰道:"西边的屋子里。"

哥舒唱便往西行,明月珰低声在他耳畔指点:"这里有阵法,是我父亲布下的,你往南三步,再往西五步,然后是往西南三步,再往前一步……"

哥舒唱按照她所说的踏过去,最后一步隐隐觉得脚底有些不对劲,然而想收回已经来不及,脚下传来"咔嗒"一声响,整个身子猛然往下沉,重重地跌在冰冷的地面上。

这是个洞穴一般的牢笼,一丈开阔,四周都是光滑的石壁,出口高达五丈,他们没有摔成肉泥已是万幸,以他的轻功想出去根本是妄想。

哥舒唱一把抽开束着两人的腰带,眼神又惊又怒:"你……"他没有想到这个一直无比合作的女孩子居然会使诈。

"啊，对不起……"明月珰的脑袋搁在他肩上，懒洋洋道，"这地方我不常来，没想到步法已经忘记了。"

如果他还相信她，那就是天字第一号蠢人。他想起她在酒楼看到他的第一眼，明明半醉却仍然灵活非常的眼眸——当初他就应该察觉，这根本不是一个普通的女孩子！

他伸手解了她的穴道，她刚动了动手脚，他的指尖又轻轻一点。

这一点，并没有妨碍她的动作。然而她正要站起来，立刻有一股异样的刺痛散至四肢百骸。她呻吟一声，痛得坐回地面。

"这也是中原武术的一种，名叫分筋错骨手。"哥舒唱淡淡地解释，"你身无内力，我也没有太为难你，只不过用了一成力气。如果你再不考虑打开这个牢房，我会再加一成。"

"你……你……"她疼得额上冒出大颗的冷汗，咬着唇，"你……竟然对付一个弱女子……"

哥舒唱再加了一成力道，她立刻痛得说不出话来。

"如果同意，就点头，如果不同意，我们就继续。"哥舒唱的声音异常镇静，一字字传到她的耳朵里。

她立刻点头。

哥舒唱收了手，那无法忍受的痛楚终于自她身上撤离。

她喘息着，脸上有一丝笑意："你说无论做什么都……都很尽职……我看，你做男人就差了一大截……"

哥舒唱逼近她："出口在哪里？"

他眼神狠厉，一点儿也没有商量的余地。

明月珰噤声，喘了会儿气，道："唯一的出口，就在头顶。"

哥舒唱眉峰一皱，明月珰立刻道："你能不能听我说完再动

手?现在只有我大声叫人过来,把我们拉上去。"

"惊动了人,我还能找到莫行南吗?"哥舒唱冷然道,"是我大意,竟然着了你的道。现在你最好老老实实告诉我,除此之外,该怎么离开这里。"

"这是唯一的出口。"

看来她是咬死不松口了。

哥舒唱仰起头,头顶一方星幕,看起来那么近,又那么远。

他就那么站着,星光仅仅落在洞口,在落下来的时候已经消逝,洞中黑沉沉的,明月珰碧绿的眸子隐约可见,谁也不知道她在想什么。

半晌,哥舒唱忽然脱下自己的外袍,向她望过来,她倒不吃惊,笑道:"喂,你不会想……"

他抽下她的腰带,红缎绲边的袍子散开,他正要把袍子从她身上扯下来,她咬牙一声闷哼。

"你放心。"他冷冷道,一面去扯那件被挂在她手臂上的外袍,"我不会对你怎么样……"声音蓦然止住,隐约星光下,看到她疼得发白的脸,艳红的唇也失去颜色。

她的手臂以一种奇异的角度耷拉着。

哥舒唱动作一滞,知道这意味着什么,可能刚才摔下来的时候,她的手臂脱了臼。

他一用力,撕开她的袖子,沉声道:"忍着点儿。"摸索到手臂,"咔啦"一声,把脱臼的地方接上,明月珰一声闷哼,换作平常女子,早已痛得晕过去。

明月阿隆的女儿,明月苍的妹妹,拥有飞月银梭的家族后人,怎么可能是平常女子?

然而到底是个女人，还是一个一点儿内力也没有的女人。想到刚才自己在她已经脱臼的手臂上使出分筋错骨手，哥舒唱的心里不知怎么划过一丝异样的滋味，他道："你为什么不说？"

明月珰喘息着，挣扎着坐起来，分明极为狼狈，她笑得却愉快："我没有想到你会帮敌人疗伤……看来我该收回那句话，做男人，你也是尽职的。"

哥舒唱低低地"哼"了一声，没有答话，转而把脱下来的两件衣服撕成条。

明月珰眼睛一亮："你想用这个出去？"

将布条接成细绳，他隐约记得落下来的时候，旁边有棵大树，现在，就指望他没有记错。

明月珰圆睁着眼睛看他手臂一抖，那么长的绳子，居然被抖得笔直，直接往洞外飞去。

"好厉害……"她不由自主地说。

绳子那端显然缚住了什么，哥舒唱拉着试了试力道，回首望向明月珰，道："明月小姐，抱歉，我要先走一步了。"说着，封了她的哑穴，足尖在石壁上借力，借着旋转的力量将绳子一圈圈绕在身上，缩短自己和洞顶的距离。

离洞底越来越远，明月珰的身影看上去越来越小。

夜晚如此寒冷，而她只穿单衣。

她的手臂刚刚脱臼。

还承受了他的分筋错骨手。

哑穴被封，她甚至不能出声求救。

一个个念头涌上心头，绳子上升的速度一点点下降。

星光已然照在头顶，他想起她的琵琶和歌声。

不管怎么样……她毕竟只是个女孩子……

而他的敌人,是明月苍。

是月氏。

不是这样一个弹着琵琶唱着情歌的女孩子。

绳子上升的势头止住了,他反着旋身,绳子一圈圈自腰间松开,身子落下去。

洞底的明月珰悄然地站住,看着他旋着身子下来,如同天神降临。

他的足尖轻轻点地,落在她面前。

向她伸出手。

只穿单衣的她看上去纤瘦单薄,目光却异常明亮。

"我带你出去。"哥舒唱道,"作为报答,你必须带我找到莫行南。否则,我会杀了你。"

她没有去握他的手,直接上前,轻轻地、不容置疑地,抱住了他的脖子。

整个人靠在他胸前。

他的胸膛这样宽阔,仿佛自成天地。

借着旋转的力道,绳子一圈圈缚在两人身上,两个人贴得那么紧,就好像是一个人。

星光隐隐洒下来,满头都是璀璨的星子。

她微微闭着眼,头搁在他的肩上,感觉到星光洒满全身。

自洞底到洞顶,五丈高的距离,时光这样缓慢又这样迅疾,心神恍惚,又莫名坚定。

星光照耀她飞天。

（六）

身子轻轻一顿，落地。

哥舒唱解开她的哑穴："莫行南到底在哪里？"

"他不在这里。"

哥舒唱眼中寒光一闪。

"哥哥根本没有把他带过来，他半路自己逃了。"她说着，忽然一笑，"对不起啦，让你白跑一趟。"

哥舒唱看着她，衡量她的话里有几分可信。

"不相信的话，我每个屋子都带你看一遍吧。"她说着，往前面的屋子走去，大大方方地把一间间房门推开，"喏，你看。"

里面空无一人。

她继续带着他往前走，路上碰到下人，向她躬身行礼，她仰首走过。

偌大的将军府，绝大部分的屋子是空着的。

"我本来有六个哥哥，都死了。"她很轻松很随意地说，"他们都是战死的……打仗除了死人，一点儿用途也没有。"

"你错了，他们是用自己的生命去换大多数人的平安。"哥舒唱道，"死在沙场的战士，都是英雄。"

"是吗？"她笑，"我却觉得他们很傻。"回过头来，碧绿眼眸看着他，"你也是傻子之一。"

不等他回答，她道："这是我母亲的屋子，她怕冷，屋子很暖和，要不要进去暖和一下？"

大漠的夜晚的确十分寒冷，两个人在冷夜里走过了大半个将军府，哥舒唱还好，但看得出明月珰已经抵不住了，他点点头。

隐约有种感觉，自己一直被这个女孩子牵着鼻子走。没有找到

莫行南,甚至不能确定莫行南在不在这里,他要么独自找下去,要么赶快在明月苍发觉他之前离开,可是脚步却不由自主地跟着她迈进屋子。

屋子果然暖和,热气扑面而来。

明月珰让下人们退开,自己倒了两杯热茶,递一杯到他面前。

"你母亲?"

"死了。"她说得仍旧轻松随意。

真不知道这世上有什么东西是她在意的。

她忽然抬头看他:"想知道我母亲的故事吗?"

"我没有兴趣。"

"哎,那就算了。"她去衣橱里找出一件外衣穿上,看了看哥舒唱,道,"帮我把那个箱子搬下来好吗?"

那是橱柜顶上的一只木箱,哥舒唱搬下来,明月珰打开来。

一箱子的汉人男子衣衫,里衣、单衣、夹衣、外袍、袄、鞋、袜,应有尽有。

明月珰找出一件外袍,扔给他,手指抚过这些针线,忽然叹了口气:"母亲,我打开它,你不会生气吧?我没有照你说的烧掉它……怎么能烧掉?这是你一辈子的心血……"

她的声音低低的,目光迷离如梦,灯光照着她的雪肤碧眸,艳丽中别有一股凄清。

凄艳。

这是哥舒唱第一次看到她忧伤的样子。

她忽地偏过头,嘴上已经带上了一丝笑意:"知道吗?这一箱子衣服,就是我母亲全部的故事。"

没有等哥舒唱回答,她自顾自地说了下去:"她在家乡有一位青梅竹马的恋人，可惜父母嫌他家贫，把她许配给了另一户人家。她跑去找他，告诉他她愿意跟他私奔。然而那个人一句话都没有给她。她绝望地离开了他的家门，也离开了自己的家门——不能嫁给自己喜欢的人，也不要嫁给自己不喜欢的人——她开始流浪，像浮萍一样，靠卖唱为生，漂流到哪里是哪里。有一天她到了大晏的边城，有人听她唱歌，给的赏钱很高。那个人每天都来，无论刮风下雨，从来没有间隔过一天。"

说到这里，她向哥舒唱眨眨眼："猜到了吗？他就是我的父亲，明月阿隆将军。最后母亲嫁给了他。因为他真心对她好，也因为她太累了，虽然知道他已经有许多妻妾，还是嫁给了他。然后，就生下了我和我哥。可是母亲是汉人，在家里没有地位。好在，后来几位哥哥都死了，于是我哥继承了飞月银梭，母亲才过了几天好日子，可惜，不久就死了。

"在活着的时候，她几乎把所有的时间拿来做这些衣裳。这衣裳的尺寸不是我父亲的，而是她的青梅竹马的。"

这就是她母亲的一生，看得出来，她很依恋她的母亲，然而她脸上仍然是一副毫不在意的表情。

是不是因为在意的东西已经失去了，所以，才对什么东西都不在意？

哥舒唱默默地看着她。

明月珰忽然凑到他面前："这样看着我干什么？"

哥舒唱不说话。

她托着腮坐在他面前。他黑发黑眉黑眸，五官轮廓有逼人的英武，但这样静静地坐着，却又有股说不出来的优雅，她碧绿的眸子悄然变作浓绿，缓缓伸出手，指尖抵住他的下巴，低声道："东方

的男子,都是这样吸引人吗?"

哥舒唱握住她的手腕,令她的手移开:"明月小姐,请自重。"

明月珰笑了:"喂,是你勾引我的哦。"

哥舒唱站起来——她有怎样的经历,怎样的心事,都不关他的事,他没有必要再在这里浪费时间。

"要走了吗?"她的声音自身后传来,懒洋洋的,"那就趁天亮前快些出城吧……莫行南真的不在这里,这一次,你应该信我。"

哥舒唱打开门,大步离去。

寒冷的晚风灌进来,吹得明月珰的头发与衣襟飘飞起来。

凛冽的风给人一种飞翔的快感。

她有些晕眩,轻轻伏在箱子边上。

灯光照在那些衣衫上,深深浅浅的杏色,一针一线,都是母亲无尽的思恋。

用一生的时间和回忆,去爱一个人。

母亲,这世上会有人值得我这样做吗?

第五章 故人

（一）

晕眩。

有什么东西在眼前一闪而过，然而旋即恢复成一片空白。

仍然……什么都想不起来。

琵琶声仍然在响，弹的是《昭君怨》。

珰珰撑住头，看了看被茶水泼湿一片的裙子，站起身下楼。

街道依然热闹，她的心头却很怅然。

那些失落的过往，一定有什么事情曾经发生。她一个异族女子怎么流落到了大晏？她的父亲、母亲呢？她有兄弟姐妹吗？

他们在哪里？

她早已告诉自己不去想这些，然而一切却被琵琶勾了起来。

她会弹琵琶。

这是过去给她留下的唯一印记。

她托和婶去买了一把琵琶。

琵琶搁在膝上，手指仿佛有自己的意识，拨子弹拨丝弦，曲调水一样流了出来，那样顺畅自然。

她吟唱起来。

陌生的语言,附在曲调里,如同两股水流汇在一起,分不清彼此。

一个个奇异的发音,从未听过却又无比熟悉,她清晰地了解它们表达了一个女人痴痴的等待,她重新用汉话唱了一遍:

太阳下呀,风尘沙呀,谁曾看见风中的玫瑰花?

那野刺荆棘,是他为我摘下,

他把它轻轻插在我的发。

他说要带我回他远方的老家,

他说世上只有我这一朵开在风里的花。

我记得他,我记得他,

眉呀眼呀永不忘他,

可他怎么还不来,还不来迎我回家?

难道他忘了吗,我在这里等着他?

一曲终了,风过庭院,寂寂无声。

耳畔却遥遥地响起商市的繁华,小贩的叫卖声。

奇异的乡音。

她整个人都陷进里面,隐约有种惨烈的悲壮,明明有眷恋,却毅然地割舍。

那像是她的前世,隐约可恋,琵琶成为唯一的依凭,她反复弹着那首曲子,眼泪一颗颗掉下来。

和婶以为她中了邪祟,还特别去庙里求了两张符贴在门上,但是没有起到任何作用,直到哥舒唱的马蹄声在门外响起,珰珰才从这首曲子里抬起了头。

（二）

哥舒唱看上去有些疲倦，满身都是风尘，马鞭扔给下人，却在抬脚进门的一霎愣住。

琵琶声。

歌声。

恍惚是个巨大的梦境，展翅扑来，他一下子就被淹没。

然而珰珰看见了他，停下手，碧绿的眼眸望向他。

她的眼里含着泪，像一个无助的孩子，等待他去抚慰，然而他没有办法挪动脚步，怔怔地站在门口。

他脸上的神色奇怪极了，有不敢相信的诧异，有不知身处何地何夕的迷离，甚至，还有一丝恐慌，好像看到了什么极可怕的事情。

珰珰起身走向他。

他竟倒退一步。

他向来是很沉得住气的人，现在看上去居然像是方寸大乱，珰珰把头埋进他的怀里："唱，发生什么事了吗？"

这句话出口，珰珰明显感觉到哥舒唱身子一颤，他握住她的肩，力道大得令珰珰有些吃惊，他颤声问："你……你没有……"

珰珰看着他。

他没有说下去，用力将她拥入怀中，抱得那样紧，她快要窒息。

"唱……怎么了？"

"没什么。"他的声音低低的，"你弹得很好听。"

"我会弹琵琶……"她有些惶恐又有些悲伤，"我从没有弹过，现在却会了……唱，我很想知道我从前是什么人，很想知道从前发生过什么……"

"珰珰,一切顺其自然,好吗?"哥舒唱的声音始终低沉得很,漆黑的眸子像一潭深水,"记得起来就记起来,记不起来就算了。我们应该想的是未来,对不对?"

"道理是这样没错……可是,记不得从前,总觉得丢了什么要紧的东西……"她抬起头,看着他的脸,发现他的神情特别憔悴,眼角隐隐有血丝,吃了一惊,"出了什么事?唱,是不是皇帝不让你辞官?"

"不要管那些。"哥舒唱重新将她拥在自己胸前,长长地舒了一口气,"那些事,由我来。"

他的心跳得忽快忽慢,心里波涛汹涌吧?是有事,而她却没有能力为他分担。珰珰叹了口气,让和婢准备洗澡水,帮哥舒唱洗去风尘。

(三)

热气腾腾,他的肌肤湿漉漉的,他闭着眼,眉头微微皱着。

珰珰坐在浴桶边替他把头发擦干。

"珰珰……"

"嗯?"

哥舒唱的声音低得像叹息:"如果我做了对不起你的事,你会原谅我吗?"

"那得看什么事了……你要是喜欢上了别的人,我绝不原谅。"

"不是。"

"那就原谅吧!"

哥舒唱的手自浴桶里伸出来,握住她的手,他的眼睛睁开,头靠在桶沿,仰视她,乌黑的眸子,深潭一样。

"这样看着我做什么?"珰珰俯下身来,嘴角带着一丝危险的气息,"是不是……你真的做了什么对不起我的事?"

哥舒唱没有说话。

(四)

这个夜晚很安详。

珰珰躺在哥舒唱的臂弯里,睡得很熟。

只要有他,仿佛就可以填补生命里所有的空缺。

哥舒唱慢慢睁开眼睛,看着身边的女子。

他的眼睛像深潭,又平静又深沉。

"珰珰……"他低低地唤这个名字,声音轻不可闻,"你想起什么了吗?"

熟睡的她当然听不到,他也不想要答案。

他希望这个答案永远都不要来。

就这样吧,珰珰,请你,求你,就这样吧。从前种种,恍如前世,让我们都忘了吧。

不要记起。

请不要记起。

(五)

这次的相聚,时间比前几次都要短,只有三天。

"只能待三天?你在路上就要花两三天。"珰珰很是心疼,"既然没有空,为什么要来得这么急?"

"你忘了吗?我们曾经说过,五月二十三是你的生辰。"哥舒唱道,眼里有细细的柔情,"今天已经是五月二十二。"

"我忘了。"珰珰坦白地说,"哎,'珰珰'是我的名字,五月二十三是我的生辰,唱,什么都是你给我的。"

哥舒唱没有答话,喝了口茶,问:"你想要什么寿礼?"

"没什么啦。"她的手绕着他的脖子,"你都把自己送过来啦。"

"我陪你逛街好吗?"

"真的?我没有听错吧?"珰珰又惊又喜,"我可以出门吗?不用担心被人注意吗?"

哥舒唱低了低头,握住她的手,有点儿忧伤:"我是说晚上。"

"晚上也行啦!"能够光明正大地同唱逛街,是她一直以来的心愿啊!

(六)

晚上珰珰格外精心地打扮,哥舒唱在她面前半蹲下。

"干什么?"

"背你。"

珰珰甜蜜地爬上他的背。

他取出一根长长的带子,在两人的腰上绑了一圈。

"这又是干什么?"

他却没有说话,绑好后,道:"抱紧我。"

珰珰抱紧他。

"闭上眼睛。"他又吩咐。

她闭上眼睛。

身子轻轻一顿,耳旁呼呼风响,她吓了一跳,睁开眼。

目之所及,是大片大片连绵的屋宇,飞翘的屋檐在夜色里看起来像一只只振翅的鸟。灯火昏黄,星星点点,像无数只眼睛。

天上,繁星点点,一带银河,横过天际。

初夏时节晚风清凉,吹得衣带与发丝飘飘欲举。

珰珰几乎忍不住喊出来。

他们站在别人的屋顶上。

这些屋子天天看到,然而没有想到,换一个角度看,世界好像完全变了个样子。

哥舒唱的足尖在瓦檐上轻轻一点,身子凌空飞起,她张开双臂,风鼓起她的袖子,就像鸟儿的翅膀。

她,飞起来了!

她欢快地笑着,这笑声像珍珠,一颗颗撒进人家的窗子里,有人推开窗户,只见一只大鸟在屋顶上斜飞而过。第二天,整座小镇都有了鸟妖出现的传说。

然而现在还是夜晚,珰珰快乐地伏在哥舒唱的背上,用力地亲他的面颊,大声道:"唱,唱,你真是太好啦!"

这样的欢喜,像是鼓风的帆,胸膛都要胀破。

哥舒唱微微地笑了,英武的面庞上似有光芒,他问:"珰珰,你开心吗?"

"开心!开心死啦!"

他的嘴唇没有动,她却听到好像在很远很远的地方,传来这样的回音:

——"嗯,你要背我一辈子。"

——"一辈子！"

　　这是她心里期待的话吧？然而唱是最不会说甜言蜜语的啊，这种话他当然说不出口。

　　这一定是他心里的声音，一不小心，就被她听到了。

　　哥舒唱的足尖踏过屋顶，小镇似安眠的婴儿，静谧极了。

　　他们都不知道，这样的小镇，除了酒楼和赌场，晚上是没有地方可逛的。

　　所以哥舒唱找了半天也没有找到灯火密集的街市。

　　然而这有什么关系？伏在他背上的珰珰那么快乐，他最好可以一直飞翔下去，永不停歇。

（七）

　　三天后哥舒唱便要赶回京城。

　　珰珰直到看着他束好衣服，接过马鞭。

　　"回房间去。"哥舒唱说，"不要看着我走。"

　　她不肯。

　　他摇摇头，打横抱起她，将她送进房间，放在床上。

　　她眼睁睁看着他退出房门，身影消失。

　　墨色衣衫，身形颀长。珰珰的眼泪一下子涌了出来，她确信，这个男人身上有自己的一半魂魄，每一次的分离对她来说都像是酷刑，她忍不住冲了出去。

　　听到脚步声，他倏地回身。

　　珰珰扑进他的怀里，眼泪不由自主滚落下来。越是伤心，越是会舍不得。她应该吸吸鼻子，大声让他走开。

　　坚强一点儿，哪怕是故作坚强。

可是这次做不到。失落的记忆是一片微茫的雾，笼住她的全身，唯有抓住唱才可以对抗那样强烈的虚无感，她不想放手。

如果你离开，我又会陷入对过去记忆的艰苦捕捉里。

明明眷恋，却要割舍。那种感觉她不想要，就像同他分离时的感觉一样。

哥舒唱的眼眶红了红，忽然把随身的匕首取出来，交给她。

她有些愕然。

"给我一个月的时间。"他沉声道，"一个月之后，我要娶你。如果做不到，你就杀了我。"

说完，他转身而去。

步子踏得特别大，有决绝的情绪。

她握着匕首，怔怔地望着他。

这样许诺，重大坚决得令人悲伤。

杀……唱？

可是在握住匕首的一刹那，心中莫名地划过一道悲壮的恨意，"杀了他！"咬牙切齿，是谁的声音？

这是多么不可思议的念头。

怎么可能？

哥舒唱打马远去，背影是坚毅的。充满力量也充满负担。

辞官，拒绝公主的婚事，这对于一个普通人来说，几乎是不可能的事。

珰珰忽然有点儿怀疑，自己的坚持是不是正确的。

只许他娶她一个人。他不可以有别的女人。

这样的想法，会不会令他太为难？

然而扪心自问，她受得了跟别人分享一个丈夫吗？

不，不可以。

她握着匕首，眼眸浓碧，心中的念头已经成形。

——唱，如果你做不到，我就去死。

如果不能做你的妻子，活着有什么意思？

（八）

哥舒唱走后的第五天，小院外有人叩门。

和婶孤儿寡母，并没有亲戚往来，尤其是珰珰住进来以后，连邻里之间的往来也断绝了。对于路妈她们来说，叩门声，更是很久很久不曾听到。

无论是什么人，都不能踏进这所院子。这是哥舒唱的吩咐。和婶自然会打发外面的人。即使有叩门声，也不会有人进来。

珰珰和路妈都当没听见，路妈继续教她如何裁料子做衣裳。

和婶去了片刻，小跑着进来，大声道："珰姑娘！珰姑娘！你家里人来看你啦！"

家里人？

屋子里两个人都有些讶异，针线活停下来。

一个男子从门外走进来。

衣冠华丽非常，一看就知道非富即贵。

路妈一看到他，就相信了和婶的话。

——他的眼睛是碧绿色的，和珰珰的一模一样，春水初涨时的绿色，一望无际。

"你们都下去。"男子的汉话有些生涩，声音里却似含着一股不可抗拒的力量。淡淡的一声吩咐，路妈和婶都不由自主地听命退开。

　　这一双碧眸令珰珰震惊,他就像是一个从迷雾里走出来的人,她站了起来,身子不由自主轻轻颤抖:"你……你是我的家人?"

　　"呵呵……果然什么都不记得了啊……"男子走近她,一双眼睛如鹰一样上上下下打量她,视线落在桌面的布料和针线上,他的瞳孔一下子收缩,"嗬!明月珰在学习女红吗?"

　　男子开口即是一种奇异的语言,正是她唱那首歌时,用到的熟悉又陌生的语言,她毫无阻碍地听懂了,更加意识到这个人,可能正是来自她过去的记忆。

　　明月珰!

　　"我叫明月珰?"珰珰的心猛地一跳,"你是谁?你认识我?告诉我,我是谁。"

　　"你还关心自己是谁吗?"男子眯起眼睛看着她,眼里有丝冷芒,"你已经傻到被一个男人玩弄到如此地步,最好还是不要知道自己是谁吧。"

　　他的声音里始终含着淡淡的嘲讽,她可以容忍,因为他身上带着她失去的记忆,她迫切地想得到它,可他居然说这样的话,珰珰目光一寒:"你到底是谁?如果不愿意回答我的问题,请你离开。"

　　"呵呵呵。"他笑了起来,"真的,什么都不记得了呢……连原本应有的聪明也失去了……我这一趟是不是来错了?你只空有明月珰的面容,你不是她。——那么,你继续留在这里做别人的玩物吧,告辞!"

　　说着,他转身离去。

　　他不可能就这样走的。她和唱这样小心翼翼,他找到她绝对费了许多心血,绝对不可能就这么掉头走人的。

虽然他的步子轻快，一下也没有停顿，但是珰珰无比清楚地知道这一点。

她笃定地等他停下来。

果然，他走到门边顿住，回过头来，问："你不想知道自己的从前吗？"

"那要看你愿不愿告诉我。"

"我赶了很远的路，有些渴了。"

"我这里有茶。"珰珰走到桌边斟茶，"如果不介意的话，可以边喝边聊。"

他坐下来，看着她，鹰一样的眼神里有片刻的温柔，他道："不知道怎么回事，你总知道我什么时候是假装离开，什么时候是真的离开。"

"告诉我，把你知道的告诉我，好吗？"珰珰恳切地道，"对于从前，我什么也不记得了。"

男子凝视着她，半晌，道："在我告诉你之前，你得答应我一件事。"

"你说。"

"离开哥舒唱。"

"你用这个要挟我离开唱？"珰珰不自觉地皱眉，"我告诉你，我宁愿没有记忆，也不会离开他。"

"呵呵呵。"男子再一次低笑起来，"多么深厚的感情，真让我感动。世上没有任何事情能令你离开他，是不是？"

珰珰直视他："是的。"

"很好。"他说，"很好。那么，你就留在他身边吧，等到哪一天你的记忆被唤醒，你会为留在他身边的每一个时辰感到悔

恨。"

珰珰怒道:"你一再中伤唱,到底有什么凭据?"

"凭据啊?我现在还真没有……所有的凭据,都被他从你的脑子里抹去了。不然,你自己的记忆,就是最好的凭据。"他道,"这样吧,想要回你的记忆,就跟我去一趟京城。也许到了那儿,你会想起些什么。"

"京城?"珰珰有些犹豫,"我不能去京城……"

"是哥舒唱不让你去京城吧?"男子挑眉问,"你知不知道,他是未来的驸马,当然不能让你去坏了他的好事。"

珰珰咬了咬唇:"他不会娶公主的。"

"你这么肯定?"男子嘴畔有丝奇特的笑意,"那更该去看看——难道你不知道,赐婚的圣旨已经下来了吗?抗旨不遵,无论是大晏还是在月氏,都是杀头的大罪呢。"

珰珰一惊。

"跟我走吧。"男子站起身,"我会帮你,找回你的记忆——到时候,就让你的记忆告诉你,哥舒唱到底是个什么样的人。"

第六章 你到底是谁

（一）

哥舒唱到底是个什么样的人？

这是上官策思索了很久的问题，他长相英武，头脑冷静，武功高强，出身名门，前途无量。

若要用一句话形容，那只能说，他是个没有缺点的人。

也是个没有缺憾的人。

二十二岁便成为护国将军，统率三军，所向披靡。

据说越阳公主对他颇为垂青，皇上也甚为满意，准备等这一仗打胜后，就安排两人的婚事。

这样的人生……一步一步，都按照最优秀的标准来，每一步都没有踏错，他的大道青云直上。

哥舒唱是所有年轻人的典范，出类拔萃。

父亲无数次要求自己向哥舒唱看齐，但是，每个人都是不同的啊！自己明明更喜欢吟诗作对，却被父亲强行拉来当军师。子承父业固然是好，可是能不能继承，也要看天分的啊！

他决定找父亲好好谈一次。

上官齐在营帐中研究临都地图。

上官策鼓足勇气:"父亲……"

"什么事?"

"我……我想辞去军师之职。"

上官齐霍地转过身,目光严厉,看得上官策心里一阵发寒,然而盘旋在心底的话还是要说出来:"父亲,从军这么久,我一直没有办法适应军中的生活,看到这些打打杀杀,我就会从心里害怕……我知道父亲希望我做一个像您一样的谋士,可是,人人都是不同的。哥舒唱可以成为第二个哥舒翎,并不代表我也可以成为第二个上官齐啊!"

上官齐看了他半晌,道:"你知道为什么少帅可以成为第二个老将军吗?"

"因为……因为他资质好,天生就是当将军的料……"

"错了!"上官齐大喝一声,"没有谁是天生做什么的料,只看你愿不愿去做!我告诉你,少帅第一次跟老将军打仗,收兵后躲在营帐里吐了一整夜。可是第二天,照样要上阵,一刀一刀还是要砍下去,血还是要溅上来。他那时才十六岁,从头到尾脸色都白得不见一丝血色!如果说你和他有什么不同,就在于你会为自己找借口而他不会!他知道自己应该做什么,就会拼命去做。只有这样努力,才有今天的哥舒唱。而你,你只知道一味地逃避、退缩,你……"

帐外走进来一个人,这人的身影打断了父亲对儿子的训斥。

那人面目英武,身姿颀长,穿着杏色外袍,自帐外走进来。

明明是一张极熟悉的脸,上官齐却吃惊得像是不认识一样,吃力地道:"将……将军……"

世上的将军有无数个,上官齐嘴里的"将军"却只有一个,那

就是哥舒翎。

被训得抬不起头来的上官策这时忍不住提醒老父:"父亲,不是老将军,是少帅回来啦!"

来人正是哥舒唱,见到上官齐震惊的模样,不由得一怔:"怎么?军中出事了?"

应该不会啊,上官齐久经沙场,有什么可以难倒他?

"不,不……"上官齐良久才回过神来,"少帅回来,在那边没出什么事吧?莫行南三天前已经回了营帐。"

莫行南真的已经回来了?哥舒唱松了一口气,信不信明月珰,他一直吃不准。但是后来找遍整座将军府也没有看到莫行南的影子,他唯有先出城。

他在帐中坐下来,忽见上官齐紧紧盯着自己,那眼神恍恍惚惚,如坠梦境。"齐叔,"他唤了一声,"有什么事?"

"太像了!"上官齐感叹,"少帅一进来,跟老将军年轻时一个模样,看得我都糊涂了,以为时光倒流。少帅,你穿上这身衣服,活脱脱就是当年的老将军啊。"

哥舒唱看了看自己身上的衣服——这是明月珰的母亲缝制的:"父亲穿过这样的衣服?"

"老将军当年爱穿杏色衣裳,后来上了年纪就不挑了。那个时候同僚们只要看见一角杏色衣摆,就知道是老将军来了。"上官齐沉浸在回忆里,看着哥舒唱,捻须微笑,"像,太像了。"

"齐叔忘了吗?我五岁的时候,各位叔伯就说我最像父亲。"哥舒唱说着,拿起桌上的军需单子,翻了翻,微微皱了皱眉,"昌都城的补给只有这么一点儿?"

说到这一点,上官齐有些沉重,道:"原本昌都是商城,物资

第六章 你到底是谁

不应该这样短缺,可事实就是这样,而且百姓们家中都没有多少存粮。我想,月氏早已决定放弃昌都城,所以一早就清空了城中的物资,不给我们补给的机会。"

"这就是哈路王的战策吧。"哥舒唱声音沉沉的,"我们已经深入月氏腹地,除了随军的粮草,从大晏补给路途太过遥远,而一路上的城镇物资已被他提前清空。——齐叔,我们得快些攻下临都城,哈路王想用时间拖垮我们呢。"

"攻城线路已经拟好。"上官齐把线路图在桌上摊开,一一指点战策。

帐外天气晴朗,天空分外蓝,攻城的时间定在明天晚上,哥舒唱已经摸熟了临都城的格局,攻入城内,便直捣哈路王的王宫。

一切计议已定,把众将集到帐前安排人马,忙完已是日落时分,哥舒唱回到自己的营帐,看到已经有人坐在帐内,莫行南。

"师兄,"莫行南看上去有些低沉,不像平常神采飞扬的模样,"你回来了?"

"嗯。"

他的头低下去,恭恭敬敬行了个抱拳礼:"对不住,给你添乱了。"

哥舒唱看着他没有说话。

"我本来想先回大晏,但是听说你为了救我去了临都城。师兄,我本来要去找你的,但那个老头子硬是不让我去,我只好在这里等你回来。"

"老军师做得对,你去找我,万一冲动惹事,反而会引起月氏人的注意。"

"是,我现在知道了。"莫行南顿了顿,"哎,这打仗跟打架

真是不一样,我对付那小子不会输,可是后面居然有别人来偷袭,真是气死我了!"

哥舒唱的嘴角不自觉地露出一丝笑:"这里是战场,不是江湖。"

"哎,所以我先走一步,等你大战告捷的消息。"说着,他往哥舒唱肩上一拍,"嘿,等打完了仗,我再找你!师兄,你可一定要跟我比一场!"

说着,他大踏步走出去。

那身姿无限洒脱,他的袖子撕破了一角,也毫不在意。世上仿佛没有什么让他在意的事情——武功除外。

在俗世中拥有的东西越多,就越难洒脱。哥舒唱知道永远也不能像莫行南这样,天南地北、闲云野鹤地来,拂一拂衣袖就走。

真正的洒脱,便是这样吧。因为身无长物,所以反而更看得开。而明月珰的纵情声色,只不过是想借酒来掩饰和麻痹自己。

明月珰……他的眼前浮现那张碧眸雪肤的面庞,第一个映入脑海的竟是她靠在箱子边上自言自语的模样。

好像,那一刻的她才是真实的。

哥舒唱闭了闭眼,为什么要去想这些?两军对垒,明天就是生死战。月氏一定会坚守不出,强攻要用无数士兵的鲜血铺路。

流血,牺牲,就是战争的真面目。

(二)

第二天晚上,一切如同哥舒唱预料的那样,临都城门紧闭,月氏将士紧守城头,用石块、沸水、弓箭对付大晏的攻城云梯,大半夜过去,城下伏尸遍野。

哥舒唱传令退兵。

便在这时,临都城门缓缓打开,冲出一支黑衣黑甲的队伍,当前一个手边带起一抹银光,正是飞月银梭,正是明月苍!

哥舒唱拍马上前,飞月银梭已带起奇异的啸音迎面飞到,哥舒唱挥剑格开,道:"终于敢迎战了吗?"

"没有拿到你的脑袋,我怎能罢休?"明月苍道,"我父亲的账还没有算完,又添上我妹妹的账,哥舒唱,把你的命留在月氏吧!"

哥舒唱微微一怔:"你妹妹怎么了?"

"晏军主帅潜入临都,明月珰隐瞒敌情,已经被扣押在大牢里了。"明月苍的眼眸一冷,"唯有拿到你的首级,我才能救她。"

说着,明月苍右臂一抖,飞月银梭在空中绕了个奇异的弧度,飞击他的后背,哥舒唱侧身避过,重罗剑挥出,重重地将飞月银梭抽开。

明月苍吃了一惊,这一剑力道极沉,他的虎口一阵酸麻。哥舒唱面目沉沉,又一剑挥上来,沉声道:"是我胁迫令妹,一切不关她的事,哈路王何故为难一名弱女子?"

明月苍冷哼一声,竟不接招,手一扬,人马飞快往后退,一句话扔下来:"你要真有担当,自己去跟哈路王说吧!"

程副将正要迎头去追,却见元帅怔在当地没有反应,这一犹豫,临都城门已经关上。

他们错失了攻入城中的大好机会。

(三)

三军回营,上官齐来到帅帐,哥舒唱已经卸了盔甲,望着地图

出神。

"少帅。"

"齐叔。"哥舒唱似才发现他进来了,合上地图,"有事?"

"少帅觉不觉得今天明月苍的行为很奇怪?"上官齐道,"他出城来,刚刚交锋就退回去,仿佛只是为了跟少帅说几句话。"

哥舒唱沉默不语。

上官齐问:"不知道他跟少帅说的是什么?少帅一向机敏果决,为何却在阵前犹豫,错失良机?"

这就是上官齐真正想知道的吧。

"没有什么。"哥舒唱道,"我已经明白了克制飞月银梭的方法——只要对准梭尖和月刃劈开,胜算就会大很多。他的臂力不强,不敢和我硬碰硬,所以败走。"

"那少帅为什么没有追?"

上官齐目光炯炯,望定他。哥舒唱只觉得这双眼睛像是两盏明晃晃的灯,在黑暗中把他照得无所遁形,他避开了这样的目光,微微有些不自然:"齐叔放心。不会有什么事发生。"

上官齐暗暗叹息一声。

程副将已经把明月苍说的话转述给他,那个"明月苍的妹妹",仿佛就是让少帅反常的原因。

难道上次少帅潜入临都城,已经有什么事情,不受控制地发生了吗?

然而少帅不愿意说,他也没有办法问下去,叹息一声,离开。

帐中只剩哥舒唱一人,牛油大烛燃得很旺,烛火在他的脸上投下阴影。

要去吗?

他没有必要为敌军的内乱担忧吧？

几场仗打下来，月氏仿佛也只有明月苍一位具有阵势的将领。明月苍的妹妹被哈路王打入大牢，这是挑起明月苍跟哈路王内讧的大好机会。

到时不费一兵一卒，就可以拿下临都城。

——这才是他应该考虑的问题。

（四）

第二天一早，帐中已经没有了哥舒唱的身影，只有案头留下的一封信。

上官齐看了信，脸色大变，对众将只说元帅另有重大军务，暂时离开大营，片时便会回来。

然而，信上说的是，哥舒唱去了临都城。

当初把哥舒唱送到问武院，还是上官齐的建议。现在，老军师多么后悔让他学会那些飞檐走壁的武功——武功给了他放纵自己的能力，如果他只有几斤蛮力，怎么也不能独自进临都城。

上官齐大叹特叹。

可惜一切都已经成为无法挽回的定局，哥舒唱在夜深时候避过城头守军，潜入临都城。

上次将他带进城中的向导在那间民宅里接应他。

"我要你为我打听一下，关押明月珰的牢房在哪里。"

"不用打听。"向导道，"月氏的大牢只有一处，今天早上明月珰被带进去，全城的人都看见了。"

这样招摇，好像生怕人不知道似的。连向导都隐隐觉出一股阴谋的味道，他试探着问："将军难道要去找她？"

哥舒唱没有回答,问明了路线,用黑巾蒙上脸。

向导便知道自己的问题白问了,将军明摆着是冲明月珰来的——而明月珰被收押这件事,明摆着是冲将军来的。

哥舒唱的身影消失在黑夜里。

月氏的夜晚寒冷,就如同那个夜晚一样。

他在夜色里奔驰,就如同那个夜晚一样。

星月无声,就如同那个夜晚一样。

不要问他为什么明知有异还要来,他自己也不知道。

月氏大牢就在面前,门口有兵士看门,防守并不严密。

他从院外翻了进去,落地无声。夜色深沉,他的右手握紧重罗剑。

避过巡逻的士卒,他蹲到牢门前,往里面扔进一颗石子,听到动静立刻有人提着牛油灯出来察看,还没有冒出头,忽然眼前一黑,倒在地上。

哥舒唱点了他们的晕穴,在其中一人身上找到钥匙,走下台阶,进入大牢。

牢里阴冷,不知是因为常年不见阳光,还是因为充满太多的怨气,一踏进房门,便觉得阴气森森,把汗毛孔都吹开来。

大晏和月氏的语言风俗或许不同,但天下的牢房都是一样的。

他记得自己第一次跟父亲巡视牢房,里面阴冷古怪的气味几乎令他呕吐。

每一个被关进牢房的人都不能再算是人,不成人形。

他不会忘记第一次看到牢房的感觉,黑暗,令人感到绝望。

也许这就是他会来这里的原因,他无法想象那样一个女子被关进牢房会变成什么样子。

一盏油灯如豆,越发显得牢房幽暗。

"明月珰……"他轻轻地唤这个名字,声音那么低,在寂静的空气里,仍然响得突兀。

一间牢房里传来响动,有人低低地"啊"了一声,声音低哑。

哥舒唱赶上去,打开牢门,黑暗中一角缎衣分外鲜明,她缩在一角,仿佛受了极重的伤。

牢房里的种种刑具让人触目惊心,他扳过她的肩,她双眼紧闭,意识仿佛已经模糊。他抱起她。然而就在这时,身后响起纷乱的脚步声,各间牢房的门打开,"犯人"们一拥而上,"咔嚓"一声,将牢门锁上,两人被锁在里面。

那些"犯人"手脚利落地堵在门口。

陷阱。

而哥舒唱是猎物。

哥舒唱一咬牙,重罗剑出鞘,大喝一声,雾沉沉的重剑带起一层劲风,"笃笃笃""咔啦"之声不绝,硬生生将手臂粗的栅栏砍断了三根,紧跟着人裹在剑光里,飞扑出来。

这一扑来势汹汹,劲气逼人,"犯人"们大惊失色,纷纷退后。

哥舒唱黑眸中掠过一丝光芒。

没有人可以抵挡这一招。

明月苍,即使你设下陷阱也没用。如果没有把握脱身,我怎会来犯险?

借着这一扑之力,哥舒唱足尖轻点,已经蹿到了台阶上,门外有隐隐灯火,或许有弓箭手,或许有埋伏,但是不要紧,他对重罗剑充满信心,也对自己充满信心。

　　气沉丹田，重罗剑带起雾沉沉的剑光，他整个身子前倾，飞扑出去——正是方才那一招，里面的"犯人"倒吸一口冷气，在这样神奇的武功下，外面的人能挡住他吗？

　　哥舒唱的身子蹿至半空，全身劲气聚于右臂，身如鹰隼当空翻翔，重罗剑势蓄到了十分，正待一剑挥出，劈开一条血路——然而就在这时，身子突然一麻，全身的力气都消失在胸前一点上，手掌握不住重罗剑，"当"的一声，长剑落地。

　　他的身子随后落下来，就像一只断线的风筝，重重地摔在地上，脸上充满不敢相信的神色。

　　原本神志模糊的明月珰，凌空翻身，落在哥舒唱身旁。

　　她没有内力，也不会轻功，但身体无比轻盈，不逊于中原武林高手。

　　她的手指保持着奇异的姿势，两指并在一处。

　　就是这两根手指，刚刚离开哥舒唱胸前的玉谷穴。

　　"你……你竟会点穴……"

　　"是你教我的。"明月珰看着他，面庞在昏暗灯火下模糊不清，"当初在酒楼上，你不是点在这个地方让我不能动弹吗？"

　　"好，好，好。"门外有人轻轻抚掌，"做得好，明月将军。"

　　来人的汉话说得生硬干涩，衣饰华贵，有一双鹰一样的碧眸。

　　"你是明月苍？"哥舒唱额头滑下冷汗，他自信自己的武功可以逃脱月氏人的陷阱，却没有想到，真正的陷阱，就在身边。

　　明月苍假扮了明月珰。

　　他们本来就是双生兄妹，容貌宛如一个模子里刻出来的。

　　他刻意把声音放得低哑，再加上牢中光线昏暗，谁也不能把他

们区分出来。

明月苍向来人施了一礼:"陛下。"

来人竟是哈路王。

哈路王走进来,满意地看着自己的爱将:"明月将军,你说晏军知道这个消息会怎么样呢?主帅折在我们手里,呵呵,晏朝已经无人了吗?派这样一个糊涂虫来统领三军?"

他一挥手,立刻有人上前将哥舒唱捆绑起来,推进牢房。

"陛下——"明月苍踏上一步,"请将此人交给我。"

"哦,我几乎忘了,你曾经发誓要用哥舒家的人祭奠你的父亲。"哈路王点点头,"就把他交给你吧——"

明月苍俯首,昏黄灯光照来,雪肤碧眸,红唇血一样鲜艳。

(五)

明月将军府的宗祠里,供着明月家世世代代的祖先。

月氏的历史,一直跟明月家关联在一起。再也没有哪个家族,像明月家一样将才辈出。明月氏先祖们的牌位如同密林,森森罗列在前。

最前面的一块牌位,却是空的。

明月苍立在牌位前。

他没有换下女装,雪肤碧眸,美丽异常,谁也看不出他是男儿身。

久久地站立,没有动,也没有开口。

哥舒唱穴道未解,不能站立,手被反绑到身后,背靠墙壁坐在地上。

他怎么知道明月珰被点穴的位置?明月珰告诉他的?

仅仅凭一次转述,他居然就学会了点穴术,这个人,聪明得可怕。

然而毕竟只是模仿,而且本身没有内力注入,哥舒唱一丝丝运气,自己的穴道很快就能被撞开。要快,再快一点儿。

重罗剑已经在明月苍的手里,哥舒唱此刻毫无还手之力,只能任人宰割。

先解穴,再夺剑,然后谋出路。

灯光下,牌位前,没有一丝声音,两个人之间连空气都是静默的,却又有什么东西隐隐涌动。

"知道这块牌位是谁的吗?"

明月苍的声音打破寂静,望着面前空无一字的牌位,低低地问。

"是令尊大人吧。"

"那你知道为什么上面没有写他的名字吗?"

哥舒唱不知道。

"因为他临死前交代,他的名字,要用哥舒家的血来写。"明月苍缓缓转过身来,眼眸浓碧,"而我也在那时发誓,如果办不到,就让我不得好死。"

哥舒唱没有说话。

"知道吗?在你还没有到月氏的时候,我就打听过你。据我所了解到的哥舒唱,沉稳冷静,没有想到,你竟然一而再再而三地做出这种任性之举……你——为什么要来?难道你真蠢到不知道这是个圈套?"

这种低低的、略带沙哑的语气,如浓茶入口的涩感,这两兄妹,连声音都这样像,甚至连说的话都这样像!

——那天晚上,她问:"那边可能已经是龙潭虎穴……纵使这样你也要去?"

哥舒唱低低地吐出一口气:"既然这是圈套,令妹……无事吧?"

明月苍的身子似震了震,重罗剑一挥,堪堪在哥舒唱的颈边停下,碧绿眼眸深邃不可探知:"你真是为了她而来?"

重罗剑冰冷的剑锋碰在肌肤上,起了一层鸡皮疙瘩,哥舒唱黑发黑眉黑眸,笼罩在灯光下,闭着唇,不说话。

"你曾经说过,你来救莫行南,是为了当一个尽职的师兄。那么,这次来救明月珰,又是为了什么?"

为了什么?

哥舒唱也反复问自己这个问题,然而,没有答案。

为什么?

就算明月珰真的被关进了牢房,也有明月苍这么一个哥哥在,他能帮上什么忙?

假若真要帮忙,一举攻下临都直捣月氏王宫,再去解救她——这,才是最好的办法。

可是为什么他就这么懵懂莽撞地来了?

"为了做一个尽职的侠士吧。"哥舒唱低低地道,"我不能因为我,连累一个无辜的女孩子遭罪。"

是这样的吧?

他在问武院十五年,接受的教导都是指引学子们向往侠道。为了继承父业,他终究不能成为一个江湖客。但是,侠义,已经随着十五年的时光,渗进了他的血液里。

是的,这就是答案。

"为了所谓的侠义，可以连自己的命也不要？"明月苍的声音轻轻颤抖，似是不敢相信，"不，你骗我。你喜欢上她了，不是吗？"

"你误会了。"哥舒唱的声音极平静，"在大晏，我已经有了要娶的人。"

"你……"明月苍眼中冒出寒光，重罗剑逼近半分，在哥舒唱的肌肤上拉出了一道红线，"你……"他紧紧盯着哥舒唱，喘着气，显然心里浪涛翻天，他低声道，"你回答我一句，你要不要明月珰？"

哥舒唱全身内息聚在玉谷穴上，仿佛可以听到"砰"的一声轻响，郁结的气血被内息冲开。

穴道，解了。

现在明月苍情绪激动，正是夺剑的最佳时机，然而他的话却令哥舒唱怔住："明月珰？"

"要她，我就放过你。"明月苍呼吸急促，面颊有奇异的红晕，"不要，就把你的头颅留下来。"

"对不住。"哥舒唱道，"我虽然关心她的安危，却不能娶敌首的妹妹——而且，我也不能把头颅送给你……"话音未落，他的眸子掠过一道光芒。

原本半躺着的身子如猫一样弹跳起来，一把握住明月苍的手，反身一转，重罗剑就到了他手上。

这一下跃起夺剑，快如闪电，明月苍猝不及防，怔在原地。

重罗剑缓缓搁在明月苍的颈边，主客登时易位。

只要手腕轻轻一施力，明月苍的脖子就会在他面前如花茎一样断开。

只要轻轻一用力,就可以把敌军主将的头颅带回营中。

他想要他的头,他也想要他的头,他们本来就是敌人。

然而面前这张脸,雪肤碧眸,红唇如花,竟令他想到那个在酒楼上喝酒的女孩子。心中不知哪个地方不由自主地酸软,右手的力气竟像消失了一样。

如果明月苍这个时候推开他的手臂,也许他连重罗剑都握不住。

哥舒唱被这个情形镇住了——他杀不了他。

竟然,下不了手……

便在这时,下人来报:"将军……"一见这阵仗,顿时呆在当地。

明月苍很快镇定下来,淡淡地问:"什么事?"

"陛……陛下在前堂等您……说……说要是办完了事,请……请您……"说到这里下人终于明白自己该做什么,他拔腿便跑,一面大喊,"不好了,不好了,将军被挟持了!"

"哈路王来了。"明月苍道,"王上出行有金羽卫军保护,任你武功再高,也逃不掉了。"

不用他说,哥舒唱也听到了——明月将军府的下人说的居然都是汉话。

"那就看看吧。"哥舒唱道,收了剑,旋身便往外走,明月苍却扑上去,一把捉住哥舒唱的手腕,哥舒唱内息一转,正要震开他,然而却发现,他竟是把重罗剑拉向自己的脖子——不,应该说是把自己的脖子凑到重罗剑的剑锋上来,哥舒唱大吃一惊,下意识地收回重罗剑,明月苍整个人已扑在他的怀里。

"挟持我,你才能完好无损地离开这里。"

明月苍的声音那么低,有些沙哑,眼眸望着他,那里面竟然满是心酸痛楚,"哈路王不会舍得牺牲我。"

哥舒唱身子僵住,不能动弹。

哈路王的金羽卫军已经围了过来,看到明月苍的脖子正在重罗剑下,哈路王大声道:"住手!"

这一声仿佛唤醒了哥舒唱,他正视哈路王,沉声道:"让我出城,就放了他。"

哈路王为救心腹爱将性命,不得不忍痛点头。

哥舒唱挟持着明月苍,一步一步退至将军府外。

将军府笼在重重夜色下,哥舒唱还记得西角的那个陷阱。

那夜他抱着明月珰旋身从陷阱里出来,鼻间有淡淡的香气,此时此刻,明月苍的头靠在身上,他竟然闻到一模一样的香气。

"你……"哥舒唱惊疑不定,忍不住问出口,"你到底……"

"不要说话。"明月苍低声道,望着一步步追着出来的金羽卫军,"你应该施展中原的轻功。"

这样的情形下,脱身才是最要紧的事。

哥舒唱一咬牙,手臂搂住明月苍的腰腹,足尖轻轻一点,上了屋顶。

在金羽卫军的惊呼声里,他踏着连绵的屋顶,一直上了城墙。

守城的将士认得明月苍,不敢轻举妄动。

哥舒唱放下他,眸子黑得像这无边的夜色,又隐约在天边燃起一抹曙光,望着他,声音不由自主轻轻颤抖:"你到底是谁?明月苍?还是……明月珰?"

"那重要吗?"明月苍低声说,唇畔忽然有了一抹凄艳的笑意,伸手将他一推,"你走吧!"

背后就是城头,这一推将哥舒唱整个人推得跌向城外。以哥舒唱的轻功身法,这种高度当然不会有丝毫损伤。

然而明月苍雪肤碧眸,红唇如花,那一丝笑意凄绝艳绝,简直不能算作笑容,而是——泣血。

哥舒唱怔怔地望着那一抹笑,身子不断下坠,夜色无边,瞬间将城墙上的人影淹没。

哥舒唱重重地摔在地上,浑身的骨架都似已跌散。唯有那张面容,那丝笑意,睁开眼便在面前。

第七章 返魂

(一)

路妈得知珰珰要去京城,大惊失色:"少将军告诉过您不可以去啊!"

"我没事。"珰珰道,"我不会让任何外人看到我的。"说着,她望向那名男子,"这点,有人向我保证过。"

"可是……"

"没有可是。我想知道我到底是谁,从前到底发生过什么事。"珰珰的声音不大,但含在声音里的,却是难以形容的坚定——珰珰很少这样说话,这样的珰珰看上去和平时不太像,整个人似散发出一股森然气势,路妈不敢再劝。

马车已在门外,珰珰登上车,忽然回头望向那名男子:"我还不知道你的名字。"

"你可以叫我哈路。"男子道,"也可以称我为陛下。"

"陛下?"

"我是国王哈路。"哈路握住她的左手手腕,将它拉至她的右肩,再示意她轻轻俯首,"这是你见到我应行的礼仪——呵,这样子,我仿佛又看到了一点儿明月珰的影子。"

"我是月氏人?"

"你不仅是月氏人,你还属于世代守护月氏的明月家族。"

"明月是我的姓?"

"是的。"

"单名一个'珰'字?"

"是的。"

珰珰垂下眼,思维有些紊乱。

唱不知道她的从前,为什么会决定称呼她为"珰珰"?

"我多大?"

"二十。"

"生辰呢?"

"五月二十三。"

珰珰彻底怔住。

唱……是巧合吗?

还是,你什么都知道,却不告诉我?

这个念头像根针,狠狠地在珰珰的心上扎了一下,她的脸色白了白。

哈路看见了,碧眼微微眯起:"需要我告诉你,唱到底是个什么样的人吗?"

"不!"珰珰直接拒绝,眼前这个人对唱抱有很大的敌意,从他嘴里说出的唱,一定面目全非到令她不能忍受。

"那也好。"哈路从怀里掏出一只锦囊,里面是一只蜡丸,把蜡丸捏碎,露出一颗玉色的药丸,"把这个吃了吧。"

"这是什么?"

"是我费尽周折,才从一个名叫央落雪的医士那儿得到的药。

据说,它可以唤醒人们失去的记忆,因此名叫'返魂'。"

珰珰吞了下去,有些狐疑:"吃了这个,就可以记起吗?"

"这个人在中原的名声大得很,号称第一神医,应该有用吧。"哈路道,"我再带你去看看从前你待过的地方,我想,你会想起来的。"

珰珰看了看他,考虑他的话到底有几分可信——这本是个陌生人,但他的碧眸和乡音令她感到亲切,她问:"你真的是国王?"

"是的。你还参加了我的登基大典。"

"我?"

"你是明月家的后人。明月家在月氏,是除王族以外,最显赫的家族。"

珰珰抱着膝盖:"那我怎么会流落在大晏的街头?"

哈路冷笑:"是哥舒唱这样告诉你的吧?"

珰珰决定不跟他谈哥舒唱,问:"你是月氏国王,为什么要跑到大晏来?"这话一出口,她便感觉到自己应该收回,因为哈路的眸色在一刹那变得浓碧。

"为什么?我为什么要来?"他凑近她,那神情看不出喜怒,"呵呵,还不是为了你。"

"为我?"

"你原本是月氏未来的王后。"哈路的神情变幻不定,"我本想等到打退大晏之后就和你成亲,可是……"他没有说下去,却低低地笑了起来,"可是,呵呵,可是哥舒唱却冒了出来……"

"不要说了。"珰珰打断他,"你对唱太反感,我不想听你谈到唱。"

哈路没有再说下去,眼中却闪过一抹狠厉的光芒,嘴角浮起一丝冷笑,他偏过头,掀起车窗的帘子,望向车外。

珰珰的心情有些低落。她渴望找回记忆,可这记忆看上去显然比她想象的沉重。

(二)

马车跑得飞快,三天后到达京城。哈路将珰珰带到胜暑山的行宫,他的随从和亲信上前行礼,左手合在右肩上,正是路上哈路教珰珰行过的礼节。

她自己做这个动作的时候,并不觉得怎么样。此刻看到几个人一起对哈路行礼,却忽然有一种极怪异的感觉。

仿佛是眼花了,眼前看到的不是行宫典丽的红立柱和光洁的汉白玉围栏,而是华丽深艳的宫殿。她看到一个拥有鹰一样碧眸的男子,高高地坐在王座上,底下人齐齐参拜,左手合在右肩。

她那时仿佛站在底下的人群中,而且是第一排,一抬头,就看见他的脸。

那是哈路的脸。

那是月氏王的脸。

那是月氏的王宫。

这感觉恍惚得像一场梦,却又真实得无以复加。

——这是她记忆的碎片。

这是她失落的曾经。

她猛然一震,一阵晕眩袭来,不得不扶着身边的围柱才能避免摔倒。

自从吃过那名为"返魂"的药后,这几天就总是出现这样的短暂性晕眩,但脑海浮现这样真实的景象,还是第一次。

哈路注意到她的脸色，扶了她一把："怎么了？"

"没什么。"她歇了片刻，晕眩慢慢消退。

"是'返魂'的药效开始起作用了吗？"

"也许。"

"你想起了什么？"

她摇摇头，"还没有。"又道，"我有点儿累，想先休息一下。"

哈路点头，看着她的背影，冷笑浮上嘴角。

你会想起来的。

明月珰，一切，你都会想起来的。

（三）

第二天，珰珰想出去走走。

"也好。"哈路道，"这个地方，一定也有你曾经的记忆。"

他吩咐侍从备好马车，两个人一起出门，侍从前后围拥，月氏人喜欢黄金和珠宝，侍从们的衣着都十分华丽，气派十足。

京城的人们早就听说自从那场战争后，月氏重新臣服于大晏，岁岁纳贡，月氏的国王更是亲自来朝，因此一看到这队华丽的车马，就猜是月氏国王的座驾，路人纷纷驻足观望。

怎样隐瞒一滴水的身份？把它放进一杯水里。

怎样隐瞒珰珰月氏人的身份？和一队月氏人一起出门。

难怪当初答应隐瞒她的身份时，哈路担保得那样干脆，这世上大约只有他一个人有这个能力。

马车经过长街，珰珰看到有妇人带着香烛，蓦然心里一动，道："我们去寺庙吧。"

哈路点头，马车直接往最近的一座庙宇而去。

"等等。"珰珰唤住马夫，"往左边。"

"左边？左边只是一座小庙……"

"往左边。"珰珰坚持，"小庙就小庙。"

哈路低声问："你记得左边有庙？"

不是记得，只是冥冥之中的一种笃定，自己也不知道为什么这么笃定。

马车拐向左边的一条街。

——进去之后第三家店铺有香囊卖。

这样一个意识跃入脑海，那么自然。

第三家店铺上挂着招牌——"云和香铺"。

——出了这条巷子，有一条河，河上有桥。

还没有出巷子，已隐隐听到水声。

——过了桥，有户人家里种着极好的蔷薇。

蔷薇架搭得很高，淡白轻粉的花朵探出头来，在阳光下分外美丽。

珰珰痴痴地看着，那一角院墙底下，仿佛有两个人的身影。他微笑着对她说："好看吗？"

"嗯！"

他便轻轻一跃，在墙头摘了一朵，簪在她的鬓边。

阳光下院墙依旧，蔷薇依旧，哪里有人呢？可那时的心情还留在心头，甜蜜的娇羞淹没了她，她说："这是你第一次送我礼物。"

他的嘴角轻轻上扬，黑眸中有笑意，声音低而浑厚："以后会常送。"

"是吗？"她装作不信任的样子，挑衅地问，心里却欢喜极了。

马车驶过院墙，蔷薇花渐行渐远，只在日光下留下一抹艳影。

珰珰怔怔地看着，风吹来，脸上一凉，才发觉自己流泪了。

哈路沉默地看着她。

她用手背抹去眼泪，吸了吸鼻子，却又忍不住笑出来。

这样的记忆……在阳光底下和唱牵着手逛街的梦想——原来，在过去的日子里，她就已经实现了啊。

（四）

小庙就在眼前。

的确很小，不比那个小镇上的送子观音庙大多少。

进出的都是附近的居民，看到这样华丽的车马，再看到马车上下来两个碧绿眼睛的人，忍不住围观。

记忆如被风吹开的画卷，一点点在面前展开。

跟唱来的时候，人们看她的目光也是这样好奇。

她踏进大殿，过门槛的时候轻轻一跃。

霎时，珰珰感觉到自己与当初的自己重叠在一起，时光恍惚倒回到那一天，她轻轻一跃，他在后面飞快地扶住她的肩："小心。"

"这有什么？我从城墙上跳下来都不会有事呢！"她回眸一笑，心情真是好呀，整个人好像要飞起来。

"在菩萨面前，举止不可失仪。"他说着，拉她跪在佛前，"不然菩萨会怪罪。"

她吐了吐舌头："嗯，这又是什么？现在你又成了一个'尽职的信徒',对不对?"

他认真地瞪她一眼,眼睛里却不小心泄露了些许笑意。

"闭上眼睛,菩萨会听到你的愿望。"

"真的吗?"

"真的。"说着,他拜了三拜,闭上眼睛。

他闭上眼睛的样子,那么虔诚,英气的面目多了一丝静谧,那么美。

唱,你不用去拜什么神佛,在我心中,你就是唯一的神祇。

只听他轻声道:"请菩萨保佑我们生生世世永不分离。"

她整个人震了震——他从来没有说过甜言蜜语,却在此刻许下这样的愿望——她的眼眶有些酸涩,原来欢喜到了极处,竟然会化成眼泪。

她飞快地拜了三拜,身子起伏得太厉害,耳旁似有风声,抬起头来,望着高高在上的菩萨,一字一字清晰地道:"请菩萨保佑我们生生世世永不分离。"

(五)

大殿里的空气,仿佛是去年的。香烛的味道亘古如此吧,庙宇的味道亘古如此吧,还有什么东西能比它们更加亘古不变呢?

空气里细尘飞舞,每一颗尘埃都听到过他们的诺言?它们附带了她的记忆,轻轻粘附在她的发上、脸上,于是记忆由皮肤渗入心底。

她看到他们牵着手走出庙门。

那个时候是黄昏,晚霞多么美,将两个人的脸映得通红。他们在附近的一家面馆吃面。

他说:"过生辰要吃面,这是大晏的习俗。"

"我知道!还要吃那种一根吸到尾的长寿面,是不是?"她睥睨他,"你忘了我也是半个大晏人吗?"

他笑。

吃完面,天已经黑了。夜色下人影稀少,他忽然问:"你记得那天吗?"

"嗯?"

"那天,我要你带我去将军府救莫行南。"

"呵,你说到这个,我的手都痛起来了。"

他轻轻握着她的手,他的掌心温热,动作轻柔,她的心软软地一动,悠悠荡荡。

"还会疼吗?"

"没有啦,骗你的。"

他似松了一口气,忽然背对着在她面前蹲下来。

"干什么?"

"背你。"

她甜蜜地爬到他的背上。

他解下外袍的束带,将两个人的身体绑在一起。

她明白了,就像那天晚上一样,他要这样带她回去。

在月氏,他们这样去明月将军府。现在,他们要这样去哥舒将军府。

"抱紧我。"他低声说,身子随即一旋,落在旁边的屋顶上。

她惊呼出声,欢喜又惊讶:"我们要从屋顶上过去吗?"

"是。"他的声音响在耳畔,"我要带你飞过去。"

晚风吹过来,带来花的香气,盏盏灯光是一双双温柔的眼睛,看着他们在连绵的屋顶上起伏,渐行渐远,变成一个淡淡的影子。

淡淡星光洒下来。

如同那次从陷阱里升起来一样。

她闭着眼,心中被汪洋一样的幸福填满,整个人变得透明,一丝晚风,一抹星光,就可以让她生出翅膀。

"唱……"

"嗯?"

"谢谢你,我从来没有这么开心过。"

"以后每年的生辰,我都这样背你。"

她的胳膊抱着他的脖子,声音如梦:"嗯,你要背我一辈子。"

他的声音就在耳边,这么近,仿佛响在心里:

"一辈子!"

(六)

珰珰慢慢从蒲团上站起来。

"哈路,谢谢你。"她的眼中有盈盈泪光,"谢谢你帮我找回这些记忆。"

哈路微微皱眉:"你记起了什么?"

她笑:"记起了,一些原本一辈子都不该忘记的事。"

"你记得哥舒唱怎么对你吗?"

"记起了。"她笑得如此美丽,碧眸璀璨,胜过春水,"而且,永远都不会再忘记。"

哈路看了她半响,道:"不,你没有记起来。"他忽然拉着她的手臂,把她推上马车,"你跟我去一个地方。"

"去哪里?"

"去你把记忆埋葬的地方。"

"埋葬记忆的地方?"

珰珰不解,然而她万万没有想到,这个地方,居然是大晏与月氏的边境交界处。

经过大半个月的行程,他们到了边城,无垠的沙漠隐隐在望,风中带来沙尘的气息,这气息多么熟悉,就像婴儿熟悉母亲的气息一样。

脑海里像是一重重的门,次第被推开,她隐约想起母亲美丽的面庞……母亲……美丽忧伤的母亲……不停地在灯下做针线活……一箱子的汉人衣服……

"就在这里。"

哈路的声音打断她将记忆的门推得更远一些,把她拉回现实,他们站在一座坟墓前。

碑前简单地刻着几个字:明月苍之墓。

哈路吩咐:"开墓。"

珰珰吃了一惊:"干什么?"

哈路面无表情:"挖开你就知道了。"

坟墓里没有棺材,也没有尸体,尘沙掩埋的,是一副黑色盔甲,还有一副银色兵器。

很奇怪的兵器,像枪,又比枪细些短些。枪尖五寸处有一抹月牙形的弧形刀刃,枪尾连着细链。

哈路把它拾在手里,递到她面前:"还记得它吗?"

珰珰摇头。

哈路冷笑:"是不记得,还是不愿意记得?"

珰珰的头隐隐作痛，奇异的兵器递到她面前，她发现自己不敢去接。

异样的情绪涌上心头，对它有莫名的恐惧，还有一丝压抑，却无由地，觉得熟悉。

她慢慢伸出手，握住了枪尾。

它是冰冷的，然而手掌的肌肤碰到它，却仿佛要烧灼起来。

这是个灵物，它有自己的生命与意识，它牵引着她的手，用力———一掷——

这一掷的感觉，多么熟悉，好像已经掷过无数次——啊，那一天，她掷向莫行南的树枝，就是以这种手法、这种角度。

这不是树枝，它带着奇异的啸音，插在沙土间。她将左手上的银链往里一带，它以一种诡异的弧度飞回来。

链子这么长，它又这么锋利，她隐约恐慌它会割伤自己，然而更多的感觉是一种笃定，一种冷酷的笃定。

她可以接住它。

这样的自信。

森森然。

"笃"。它安然地回到她的手里，就像孩子回到母亲的怀里。

"飞月银梭……"

这四个字像是有了生命似的自己飞出了她的嘴，眼前是一张威严又冷酷的脸。她眷恋他，又害怕他，他躺在床上，流了那么多的血。她跪在他面前，听他道："我把它交给你了——你要用哥舒家人的血写我的牌位！"

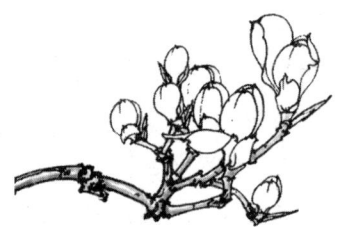

第八章 倾城

（一）

哥舒唱回来了。上官齐总算放下一颗心，长长地松了口气。

"少帅，昨晚到底……"

"没什么。"没有等他问完，哥舒唱已经道，"把将士们叫来，安排攻城计划。"

攻城才是当前首要的事，他们拖不了多久。

这一点上官齐当然很清楚，暗自松了一口气——不管少帅做了怎样任性的事，好歹会顾全大局。

看着上官齐的背影消失在眼前，哥舒唱双膝一软，瘫坐在椅子上。冷静的神情如水面一样波动起来，他抱住头："不，不可能，他是她，她是他……不，不可能……"

侍从听不懂，面面相觑。

不过少帅的失态仿佛也只是那一霎的事，在将士们进帐之后，他们看见少帅的神情慢慢平复，又变得像往常一样镇定自若。

（二）

整座临都城坚固得像铁桶，大晏战士用性命搭云梯也不能到达

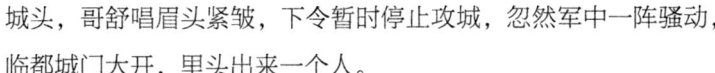

城头，哥舒唱眉头紧皱，下令暂时停止攻城，忽然军中一阵骚动，临都城门大开，里头出来一个人。

黑衣黑甲，明月苍。单枪匹马。他居然一个人出来迎敌。

城头有人厉声大喝："明月苍！给我回来！"

那是哈路王的声音。

明月苍好像没有听到，脸色如雪一般苍白，眼睛如水一样碧绿，红唇如火一样燃烧。

敌将自投罗网，晏军怎能放过？城下迅速形成一个包围圈，将明月苍围在圈内。

明月苍整个人带出一股冰冷的杀气，右手一挥，飞月银梭带着奇异的啸声破空而来，好像没看见周围指向他的刀枪，飞月银梭直逼哥舒唱而来。

重罗剑格开枪尖与银刃，哥舒唱跟着一猫腰，飞月银梭几乎贴着背脊飞回去，他大喝一声："让开！"一名将士正要挥刀去砍明月苍的马腿，听到这个命令，怔了怔。

哥舒唱的马已冲到明月苍面前，命令："你们都退开。"

军令如山，将士们再不明白也只得退开。

"想和我单打独斗一场吗？"哥舒唱道，"我奉陪……"

他的话没能说完，飞月银梭劈面而来，重罗剑削在铁链处，枪尖银刃因这力道在空中拐了个弯，绕在重罗剑上。

这本是飞月银梭夺人兵器的最佳招式，然而明月苍的力气显然不如哥舒唱练了十五年的内力。两件兵刃胶着，明月苍理应迅速回招。他却像是不知道自己会输在力气上，双手用力握住银链，似要把重罗剑从哥舒唱手里夺走。

哥舒唱眉头紧皱，再用力下去，明月苍要么兵器脱手，要么人

坠下马,必败无疑。

明月苍的眼眸里慢慢有了一丝奇特的笑意,绷紧的银链将他的虎口勒出血丝,这伤口像是令他感到痛快,他的手更加用力。

雪白的手,鲜红的血,这景象哥舒唱竟不忍再看,他眼中那不可解释的笑意,让哥舒唱不舒服极了,那感觉仿佛被一只尖利的手捏住了心脏,方寸,不知从哪个位置开始乱,他一夹马肚,纵马到他身边,紧绷的银链松坠下来,哥舒唱鼻间闻到一股极浓重的酒气。这样重的酒气,不知喝了多少酒,哥舒唱一震:"明月苍,你竟然喝醉了上战场?"

明月苍的嘴角带起一抹笑,右手居然还在用力,把飞月银梭拉到身边。不——他拉的不是飞月银梭,而是重罗剑!

重罗剑的剑锋被一点点拉近,他带着笑意昂起头,右手继续用力,仿佛要把重罗剑拉向自己的喉咙!

哥舒唱大吃一惊,用力把剑扯回,明月苍的身子被一起扯过来,他脸上仍是似笑似醉的神气,哥舒唱低声道:"你想干什么?"

"不明白吗?"明月苍低低地开口,"我是来送死的。"

哥舒唱愣住,明月苍又将重罗剑拉近了一分,哥舒唱一咬牙,剑身一转,将飞月银梭甩了出去,重罗剑从链子的缠绕中脱出来。不知为何,手臂竟有些发软:"你疯了!"

明月苍一笑,雪肤碧眼,美丽非凡,飞月银梭转瞬攻上。

仿佛早已计算好了角度,哥舒唱要避开飞月银梭,非用剑砍中链身不可,然后链子会将重罗剑绕住,然后,他就可以把重罗剑拉近,然后——他就可以死在重罗剑下!

"你不明白吗?我是发过誓的呢,不能替我父亲写上牌位,我

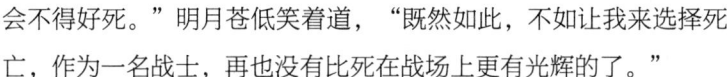

会不得好死。"明月苍低笑着道,"既然如此,不如让我来选择死亡,作为一名战士,再也没有比死在战场上更有光辉的了。"

他这样的笑容,跟昨夜城头那一刻的笑容一模一样,凄绝艳绝,刺痛魂魄。哥舒唱再一次把重罗剑从银链中脱出来,胸膛里像是有什么东西在轻轻搅动,肺腑翻腾,不知道要说什么。

能说什么?两军对垒,杀死对方,是战士的天职!

可是重罗剑无论如何也落不下去。

接应明月苍的人马已经出了城,与晏军正面对峙,两方人马都怔住了,忘记了动弹。这是……什么样的一场战斗?

谁都可以看得出来明月苍的打法完全不成章法,哥舒唱却偏偏好像无能为力。更有眼尖一些的,发现明月苍分明在自寻死路,而哥舒唱竟然拼命退缩。

城头上的哈路王眼中掠过寒光。上官齐的眉头皱起来。

他们都看明白了,明月苍想死在哥舒唱的剑下,而哥舒唱却不忍动手。为什么?为什么会这样?

明月苍眼望哥舒唱,嘴角的笑意奇异极了:"怎么?你舍不得让我死吗?"

哥舒唱长喝一声,怒道:"不要胡闹了!"再一次抽回重罗剑,眉峰压得极低,胸膛剧烈起伏。忽然一剑拍在明月苍的马身上,将那马打得转个头。紧跟着剑锋割在马臀上,那马负痛,惊嘶一声,箭一般往前蹿,飞一样奔向城门。月氏将士大吃一惊,收兵回城。汗从哥舒唱的额角滴下来,落入黄沙,不见踪影。

晏军一片寂静,上官齐上前道:"少帅,收兵吧?"

哥舒唱点点头:"收兵。"说完这一句,再不愿开口,方才那一战,仿佛已经耗尽体力。

（三）

营帐内静默。上官策不敢开口。上官齐在思量怎样开口。哥舒唱在等他开口。

"唱儿。"上官齐忽然这样唤了一声。

哥舒唱已经很久没有听到他唤这个名字。自从十六岁从军，哥舒唱在上官齐的嘴里听到的先是"少将军"，然后是"少帅"。"唱儿"这个名字，是哥舒唱十六岁之前，偶尔从问武院回到家里才听得到的。

哥舒唱明白，上官齐现在不是以军师的身份跟主帅说话，而是以长辈的身份跟晚辈说话，他微微俯首："齐叔，有话请讲。"

"你现在是三军主帅，家国安危，都系在你一个人身上。无论发生什么事，都要以三军的利益优先考虑，这就是主帅的职责。"上官齐深深地看着他，"我不知道到底有什么事情在你和明月苍之间发生，但事实摆在眼前，你是晏军主帅，他是月氏先锋，水火不能相容。你今天在阵前的表现，实在令将士们寒心。"

怎么能这样说主帅？上官策悄悄给老父使了个眼色，上官齐视而不见，叹息一声，道："老将军要是看到少帅这样，一定会痛心疾首。"

哥舒唱半垂着头，忽然问："我父亲是个怎么样的人？"

"老将军英勇无双，机智超群，是个大英雄。"

哥舒唱低声道："齐叔，你说，我哪一点像父亲呢？"

"少帅素来机敏镇定，大有老将军遗风。"

"呵……"哥舒唱发出一声低低的笑，声音里满是苦涩，"你们一直说我像父亲，我也拼命朝父亲的方向去努力，但是，我能追上吗？"上官齐一怔，他还从来没有见过少帅这样低落丧气的模样。刚才的话说得太重了吗？

哥舒唱站了起来，卸去战甲，披上外袍，道："齐叔，我去练会儿剑。"说罢，提剑出门。

上官策"哎"了一声，追上去，道："少帅……"哥舒唱停下脚步。上官策道："我父亲就是那样啰唆的人，少帅不要介意，我相信少帅成为老将军的一天不会遥远，少帅……"

他的话还没有说完，哥舒唱忽然道："上官兄弟，对不住。"

上官策一愣："啊？"

"那日我打你的一记耳光，你可以打回来。"

上官策吓了一跳："什么？"

"一直追着另一个人的背影生活，不是每个人都乐意的。"哥舒唱低声道，"也许，每个人都渴望拥有自己的生活吧。做第一个自己，也是唯一的自己，而不是成为第二个别人……"

他的声音那么低，眉头也压得很低，此刻的他，完全不像上官策心目中的护国将军、三军统帅哥舒唱。上官策怔怔地站在原地，不明白到底发生了什么事，让少帅变成这副模样。

自己的生活……唯一的自己……

上官策内心怦怦作响，试探着问："少帅是说……即使我现在离开军营，也不会被当成逃兵了？"

"中途离开，就是逃兵。"哥舒唱低低地道，"无论如何，坚持到这场仗打完吧。"

得了少帅的许可，上官策心想终于可以去过自己喜欢的日子了，大声道："是！"

哥舒唱看了他神采飞扬的脸一眼，带着重罗剑默然走开。

(四)

须夫子的云罗十二式,每一式都千变万化,充满力量。

哥舒唱运剑、振臂,一气呵成,剑势无可挑剔。重罗剑挥出雾沉沉的光芒。

夕阳凝在天边,照得尘沙似血,血色似滴进了他的眼睛,他蓦然大喝一声,最后一招"凤舞九天",身子在空中旋起,双手握剑,直劈下来!

剑光所及,黄沙漫天,大地仿佛都抖了抖。这一剑似用尽了所有力气,哥舒唱仰面倒在沙漠上,大口喘息。

霞光绚烂,天空一层紫,一层红,一层青,一层蓝,另一面渐渐变作深蓝,原来天空是一点儿一点儿暗起来的。一千年,一万年,沙漠还是沙漠,长空还是长空,而他哥舒唱会在哪里?

在大晏的史籍里吗?也许会有人记得他的名字,可是,谁会知道他挥剑的悲伤?

"这样……不辛苦吗?"

他记得有人这样怔怔地问,夜色下她的眸子像是笼着轻纱,看不真切。不辛苦吗?哥舒唱,努力做一个让所有人都满意的师兄、儿子、臣子、主帅……你不辛苦吗?

他记得自己响当当地回答她,不辛苦。这一直是他的追求,他相信自己的力量。可是此刻,疲倦如汪洋一样淹没了他。

父亲,我一直追着你的背影……可是,我追得太辛苦了。

他闭上眼睛,汗水沾湿了头发,滴进眼睛里,又咸又涩,几乎要流出泪来。

（五）

月氏临都城。明月将军府。宗祠。牌位森列。明月苍站着。

哈路站在门外，鹰隼一般的双眸凝视着他的背影。

"你到底怎么了？"哈路沉声道，"到底在发什么疯？"

明月苍没有说话。

哈路的眉头皱起来，声音里多了一丝威严："我在跟你说话！"

"我在听。"明月苍低声答。

"告诉我，到底发生了什么事。"哈路踏进来，走到他面前，凝视他的脸，"你不管明月家数百年的声威了吗？你……"

"陛下。"明月苍低声打断他的话，屈膝行了一礼，"陛下能让我安静一会儿吗？"

哈路怔住，这是他第一次被别人打断话头，也是第一次被明月苍怠慢，他咬了咬牙，脸上却慢慢平静下来，只是眸子发冷，他沉声道："好。我只是要告诉你，别忘了你尊贵骄傲的姓氏，也别忘了你是飞月银梭的继承人，更别忘了你的父亲就是死在哥舒唱父亲的刀下！"

明月苍垂首不语。

哈路吐了口长气，扶起明月苍，声音缓和下来："还有，别忘了我曾经对你许下的承诺，我们要共享中原的大好河山。"

说罢，他放开手，离开。明月苍仍保持着方才的姿势，一动不动，像是化成了一座雕像。仿佛有一阵风吹过，烛火摇曳，一道人影从屋顶翻身跃下，落地无声。

明月苍缓缓回过头来，看见来人，原本如同冰封般的面庞上，立刻被震惊布满。

"哥舒唱!"他不敢相信地低呼这个名字,门外那人黑眸黑发,轮廓英武,望着他,目光说不出悲喜。

"你来干什么?"明月苍问,声音急促,全然不像平时,他自己也发现了这一点,稳了稳心神,"做完了'尽职的师兄'和'尽职的侠士',这次,你又要尽什么职呢?"

哥舒唱走进来,道:"我还没有谢你那天救我。"

"不客气,你今天也放过了我。"明月苍说,"何况那次的圈套本来就是我设的。"

"既然设下圈套,为什么又要放过我?"

明月苍垂下眼睑,轻轻地笑了,他笑得有些迷惘,又有些无奈:"我也不知道……也许,只是想看看你会不会来……"说着,他转过身,面向祖先牌位,长长地吐出一口气,"你上次来了,这次又来了,哥舒唱,为什么?"

哥舒唱没有说话,走到供桌前,把祭酒的杯子拿起来,泼了酒,道:"拿笔来。"明月苍一怔,"你要干什么?"

哥舒唱没有回答,重罗剑出鞘半尺,手腕在剑锋上擦过,殷红的鲜血冒出来。明月苍震惊不已。

血流进杯中,金漆杯盏,很快盛满。明月苍脸上的震惊慢慢散去,眸子一点点变得浓碧。他撕下一幅衣襟,帮哥舒唱把伤口扎好。然后,用食指蘸着鲜血,一笔一笔在空白牌位上,写下明月阿隆的名字。

父亲,这是哥舒家的血。虽然没有杀掉他,但总算让你的灵魂有了祭奠的归属。原谅我的无能,我杀不了他。

一笔一笔,月氏的文字哥舒唱看不懂。鲜红的字迹填补了牌位上的空白,他看着有一种奇异的满足,轻声道:"你的誓言,兑现了。"

明月苍写完最后一笔,回头看着哥舒唱:"你是为此而来的吗?"他的眸子不同于以往任何时候,双眸如同雨后青山一样空翠,又如同春水初涨时一样碧绿,他望着哥舒唱,嘴角有一丝轻微的笑意,"多谢你。"

"不客气。"哥舒唱的声音沉稳坚定,"你已完成了誓言,明天在战场上,好好放马过来吧,我不会手下留情的。"

说罢,他转身离开。

"哥舒唱,"明月苍唤住他,"你那天在城头问我的问题,我现在可以回答你。"哥舒唱的步子顿住,缓缓回过头来。

明月苍静静地看着他,站在灯火昏黄的宗祠前,一身黑衣,仿佛要被周围的黑暗化去。

"你过来。"明月苍说。

"我是女人。"明月苍看着他,眼神异常温柔,"明月苍,就是明月珰。"哥舒唱满眼俱是震惊,说不出话来。

"想知道这一切吗?"明月苍举步往门外走,侧首望向他,"跟我来。"

(六)

明月苍把箱子打开,一箱衣物收拾得整整齐齐,深深浅浅的杏色,在灯光下泛着明亮的光泽。"应该从哪里开始说起呢……"明月苍,或者明月珰,自语。

坐在母亲的屋子里,靠在箱子边上,她又是那个懒洋洋说起当年事的女孩子。一身黑色男装,却将她的肌肤衬得更白,嘴唇衬得更红。哥舒唱奇怪自己怎么会看不出来呢?世上怎么可能有长得这

么美的男人?

"更正一下上次说的话,我母亲只生了我一个,我的哥哥们,都是父亲其他的妻子生的。父亲严厉冷酷,只有看见母亲的时候会变得温柔。我一直很怕他,又很渴望能像哥哥们一样,经常待在他的身边。他有时候会对我很好——那个时候应该是母亲亲手做了汤给他,或者跟他说话的样子稍稍亲和一点儿。他是一个很容易开心的人呢。可是母亲的大部分生活都被这些衣服占据了,不知道父亲第一次知道这是做给别的男人的衣服时,是怎样大发雷霆?反正我长大后,父亲每次经过母亲的屋子,如果看到她在做针线活,就会径直走开。

"父亲一生打过无数次仗,只有十二年前的一次,他还没有出兵就暴躁难安,巫师占卜的结果是大凶。结果,他在那一场战争中受了重伤,抬回家没多久就死了。那个时候,哥哥们前前后后都死在了战场上,明月家的后人只剩我一个,父亲把我叫到床前,把飞月银梭交给我,把明月家的尊荣骄傲交给我,让我发誓用哥舒家的鲜血写他的牌位。"

哥舒唱默然,这就是明月家和哥舒家的恩怨由来。

她靠着箱子说话的样子特别羸弱,嘴角带着一抹笑,眼里却像是蒙上了一层雾:"女人打仗总有不便,于是,明月珰就成了明月苍"。

她眼睛里的雾气恍惚便化作泪水流下来,哥舒唱的指尖轻轻颤抖,像是有了自己的意识,想拭去那将落未落的泪珠,然而伸到一半,身上背负的使命和责任强行地制止了他的行为,他的手僵在半空。

"笨蛋,你以为我哭了吗?"明月珰抬头笑,"自从变成了明

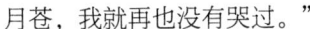

月苍，我就再也没有哭过。"

是的，自从成为飞月银梭的继承人，她就再也没有掉过泪，想哭的时候，就去喝酒。

醉了，就可以忘记一切令人落泪的事情。

可是此刻，眼中雾气隐隐涌出来，她身子轻轻倾倒，面颊顺着他的手臂，搁在他怀里。那一刻，迷醉和悲伤结伴而来，眼泪再也不受控制，一滴滴渗进他的衣襟。

似有什么在空气中轰然一响，柔和的灯光异样温柔，如同女子美丽的目光，失去控制的不只是明月珰的眼睛，还有哥舒唱的手。

他的手轻轻地落在她肩上，搂住了她。

心像是被锯子拉过，有一丝甜蜜，一丝忧伤，还有一丝疼痛。

哥舒唱也分不清这样的情绪，干脆不要再去想。他的下巴抵住她的头，淡淡的香气袭上来，心忽然松懈下来。少帅、师兄、臣子、儿子……种种身份都远去，他只是个男人，拥着他喜欢的女人。喜欢……原来是这种情绪，推着他一而再再而三地来到这个地方。

不愿看见她受苦，不愿看见她流泪，不愿看见她受伤……她像是心里的一道伤口，不能碰触，甚至也不能承认。

他的眼里忽然有了泪意，一股酸楚从胸膛迫到眉睫。

心里有个微弱的声音不断地喊停，可是身体好像已经不再听话，他将她搂得更紧些。她的手臂环住他的腰，整张脸埋进他的胸膛。

那一刻如梦如幻，两个人都没有想过，他们之间会有这么一刻辰光。无论家仇国恨，他们都是宿命的敌人啊！

可是内心深处，他们又这样接近。

　　肩负着上辈压下来的命运,把自己慢慢埋葬,让自己成为人们想看到的那个人,他们活在别人的希望里,自己却越走越远,却在那一个夜晚,两个"自己"相逢了。

　　他看到了她。她也看到了他。

　　人海茫茫,只有她看到了他镇定冷静背后的辛苦,只有他看到了她毫不在意背后的哀伤。

　　他们看到了彼此,并且知道,一旦放手,对方心里那个真正的自我,就永远地消失了。

　　可是,他们可以牵手吗?

　　大晏兵临城下,月氏图谋中原,父辈们的仇恨这样深,一切如同汪洋,将两个人灭顶。不能——不放手啊——

　　胸膛里似有这样的悲鸣,哥舒唱的身子轻轻颤抖起来。

　　她感觉到了,缓缓抬起头来,看到他近乎扭曲的面庞,牙齿陷进唇里,整个人似经受着痛苦的挣扎。

　　她凄然一笑,离开他的胸前,抹了抹眼泪,靠在箱子上。

　　他的怀里一空,整颗心也好像跟着空下来。

　　"故事还没有完呢……"她的声音因落泪而显得有些沙哑,忽然问道,"你父亲还好吗?"

　　"还好。"

　　"他的运气真好。那次我父亲在飞月银梭上下了最厉害的毒药,结果还是如此,这就是天意吧。他斗不过你父亲,无论是在感情上,还是战场上。"

　　哥舒唱微微一怔:"感情上?"

　　"你还想不到吗?这一箱子衣服,都是按你父亲的尺寸做的。"明月珰道,"我母亲一生念念不忘的青梅竹马,就是你的父亲,哥舒翎。"

哥舒唱震惊得说不出话来。怎么可能?然而仔细想想,父亲喜欢听琵琶。父亲喜欢穿杏色的衣服。

父亲说:"你必须拥有力量。有力量,才能保护你想要保护的人,才能得到你想要的东西。没有力量,你只能眼睁睁地失去,一句话都说不出来。"

也就是在失去爱人的那一年,父亲才离开温柔似水的姑苏,到苦寒的边疆从戎的吧?

命运就像飞月银梭,拐了个不可思议的弧度,扑面而来。

"我的母亲,用一生的时间和回忆去爱你的父亲。她真傻。"明月珰站起身来,合上箱子,"如果是我,知道那份爱情已经无望,就要想尽办法结束它。"

无望……结束……

这句话像冰一样在空气里化开,方才一刻的感伤温柔,慢慢消散。哥舒唱没有说话,站起来,外面乌沉沉一片,正是天亮前一刻,真正黑暗的时候。

"我走了。"

哥舒唱低低地吐出这一句,转身往外走。明月珰坐在箱盖上,没有说话。哥舒唱暗暗地为自己隐约的期待冷笑一下。你期待什么呢?她要你留下?她跟你走?

一份感情已经开始,是可以说断就断的吗?

明月珰,你真的有把握可以结束吗?

……如果你可以做到,那么,我也可以。

（七）

大晏元正五年，四月十一。

这一天哥舒唱永生永世不会忘记。

那也是晏军攻城最激烈的一天，云梯下死伤无数。哥舒唱勒马阵前，眉头压得极低，漆黑的双眸看不出情绪。

哈路王在城头督战，明月珰却没有出现。

"明月苍"和飞月银梭，是月氏挑衅大晏最有力的武器，而今却没有出现在战场上。

她在哪里？

"少帅……"

有人唤，哥舒唱回过神来："齐叔。"

"没有明月苍，今天应该可以攻下临都。"上官齐说着，问，"少帅是不是在想明月苍何以没有出现？"

哥舒唱心里一颤，她的名字从别人嘴里说出来，三个字就像三块石头一样坠在他心里。

有点儿疼。

有点儿沉。

"也许是月氏人有什么诡计，我们要留神应付……"上官齐正说着，便见城墙上多了一个人影。

黑衣黑甲，行动间带着一抹银光。

明月苍。

明月珰。

她上了城头，遥遥的一个身影，看不清面目。

哥舒唱握紧了重罗剑。

恩已经了却，情也准备斩断，他们又要沙场相逢了吗？

明月珰来到城头上，面向晏军，尘沙飞扬，杀声震天，隐隐只见中军阵前一个人影，她知道他在看她。

她反身来到哈路跟前，左手合在右肩，屈膝下跪，恭恭敬敬行了一道国礼。

"现在不是多礼的时候。"哈路王扶起她，"快点儿想办法对付哥舒唱。"

"抱歉，陛下，我是来向您道别的。"

哈路一震："你要干什么？"

"我爱上了一个人，得不到他，也没有能力毁灭他，唯一的办法，就是离开……"

哈路面色大变，踏上一步。

"不要过来！"

飞月银梭倏地指向哈路，哈路不敢上前，英俊的面孔却几乎扭曲得不成形，碧绿眼眸森森散发着寒气："谁？那个人是谁？"

"那重要吗？"明月珰轻轻一笑，雪肤碧眸，美丽极了，"我只是很抱歉，不能和您一起分享中原的锦绣河山。"

哈路浑身颤抖："你可知道我本来想等这场战事结束，就封你为王后，你……你竟背叛我……"

背叛呵……她背叛了父亲的遗愿，背叛了明月家族，背叛了飞月银梭，只因为她爱上了一个不该爱的男人。

"对不起……"

她低低地吐出三个字，声音那么轻，不知道到底要对谁说。

她的爱情这样无望，结束它的办法只有一个。

对不起，请原谅我的任性。我不想像母亲那样，把将来的岁月统统埋葬在对爱情的缅怀里。

那样意味着没有将来。

母亲,也许,我比你更傻一些。

但是这是我的决定,没有谁可以改变。

哈路王的身子轻颤,雷霆震怒,大声道:"捉住她!"

飞月银梭在手,她会怕谁?金羽卫军不敢逼近,只是慢慢围上来。

明月珰退到城头边。

底下战火连天,晏军阵前有人盔甲鲜明,手握重罗长剑。

只这一眼,就给了她酸楚的柔情,方才森森笃定的明月苍不见了,她是明月珰,她是个女人,一个,只想和爱人在一起的女人。

如果不能在一起……

"哥舒唱!"她扑向城头围墙,石壁冰凉,她的五脏却像是被火焰灼烧,她用尽全身力气,大声喊出这个名字,声音如此之大,仿佛可以把喧天的杀气遮盖下去,"你要不要我?"

你要不要我?

要不要我?

那一刻,世界仿佛静止了。

云梯上有战士摔下来,城头也有月氏士兵倒地不起,人声、马声、厮杀声,都被她这一句掩盖。

天地之间,只剩她这一句:

"哥舒唱,你要不要我?"

哥舒唱看到金羽卫军一步一步逼近她,他看到她手里的飞月银梭抵住自己的胸膛,如果他不回答她……如果金羽卫军冲上来……父亲……明月阿隆……鲜血书写的牌位……自儿时起严厉的教导和殷切的希望……琵琶声……歌声……她身上的酒气……你要不要明月珰……

不过短短一瞬,无数念头闪电一样一起涌进他的脑海,每一个念头都叫他魂魄震荡,最后统统化为一句——

"哥舒唱,你要不要我……"

魂魄受不了这样的挣扎,张牙舞爪,撕扯着五脏六腑,破开泥丸,蹿至高空。

神魂虚无。

(八)

她没有等到他的回答,凄然一笑。

这一笑,就如同那一晚,笑容宛如泣血。

如果不能在一起……

我就去死。

这是唯一结束爱情的方法。

她闭上眼睛,右臂运力,就在这时,猛然听到一声惊呼,城楼底下,有人魂飞魄散一声唤:"明月珰!"

(九)

魂魄在上空,俯视着战火连天的大地,俯视着这两个人。

哥舒唱打马上前,仰望着明月珰。

一点儿一点儿,张开手臂。

(十)

上官齐大惊:"少帅!"

哥舒唱像是没有听见。

"快!快拦住他!"驰骋沙场多年的玉笔军师也失去了素日的镇定,大声道,"快!快!砍倒他的马!"

几名将士冲上去。

少帅!我不能让你犯这个错!

这一错,就是万劫不复啊!

"唱儿!"上官齐在背后哑声道,"你如何对得起你的父亲……"

父亲……

哥舒唱慢慢闭上眼睛。

父亲,对不起。

我永远,永远追不上你了……

(十一)

如果这真是一场错误,那也是命运的安排,谁能够阻止?

城头上,明月跻跃了下来。

黑色衣襟,像一只燕子。

她闭上眼睛。

战争的喧嚣隔得那样远,那样远,好像是前世的事。

像一条鱼沉入水底,像一只鸟飞向天空,沿着命运的轨迹,她投入哥舒唱的怀抱。

唱,已经有人砍向你的马,你能接住我吗?

底下传来马的悲嘶,她的嘴角有了一丝笑。

接不住也无所谓,我已经心满意足。

——就这样死去,最幸福。

（十二）

坐骑轰然倒地，哥舒唱足尖在马背上轻轻一点，身子升上去，手臂托住了她的身子。

那一刻的感觉，完满。接住的仿佛不是一个人，而是身体的一部分。落在尘世这样久，抱住她就像是找回了完整的自己。

问武院的身刃状元，轻盈地落下来。

战场异常安静，每个人的动作都僵住。

他们看到了什么？

第九章 命运

（一）

月氏递上降表，晏军得胜还朝。

战场已经清理完毕，除了留下一名将军在月氏暂作监国外，大军人马凯旋。

沙漠在夕阳下看来，如同一床巨大的毯子铺到天边。

阳背山下，哥舒唱挖好了一个大坑。

明月珰穿上了汉人女装，把战甲放下去，再把飞月银梭放下去。

十二年，飞月银梭就像她的另一只手臂，指尖从枪尾松开，隐约有些不舍。

哥舒唱道："珰珰，不用这样，你可以留着它们。"

"不。"

明月珰把手收了回来，胸中有种惨烈的悲壮，对月氏，对飞月银梭，对这战甲……它们是她生命的一部分，她眷恋着这一切，然而，她更想过另外一种生活，要重新开始，所以毅然地割舍。

她捧起一把沙土，掩埋战甲和兵器，掩埋这场曾经。

石碑竖起，哥舒唱用重罗剑在上面刻下"明月苍之墓"。

"从今天开始,这世上再也没有明月珰。"明月珰长长吐出一口气,仿佛要在这一口气里,把前尘往事一起吐尽,面向哥舒唱,道,"我只有你了……如果你抛下我,我怎么办?"

"不会有那一天的。"哥舒唱的声音轻却极坚定,握住她的手。

夕阳如梦,大漠无边,尘世间唯有面前这个人可以真实地把握。

两个人相视一笑。

"回了晏朝,会怎么样呢?"

"不知道。"

"不管怎么样,你打了胜仗,应该不会有什么大问题吧?"

"也许。"哥舒唱说着,对她轻轻一笑,"你不要想太多,这些事我会解决。"说罢把缰绳交到她手里,"走吧。"

两个人翻身上马,夕阳将人和马的影子拉得长长的。大漠的黄昏,风中已经有些冷意,但沙土还散发着余温,马慢慢地向前走,明月珰忽然向哥舒唱伸出手。

两个人的手握在一起,两匹马慢慢地走向大晏。

在大晏,会有什么等着他们?

(二)

等候他们的是兵部的六位一品大员。一看见哥舒唱,众人满面喜气地迎上来:"恭喜将军大战告捷,我等奉圣上之命,在此等了好些天啦,总算等到了将军。"

一个老太监走上来,笑眯眯道:"这场仗打得漂亮,皇上高兴得很。"说罢,一个小太监用朱红漆盘托着两杯酒送过来。

哥舒唱认得这老太监,他是皇上身边最得力的朱公公,又见漆盘上叠着鹅黄缎子,显然是御赐的酒,连忙屈膝跪下,将酒一饮而尽。

朱公公向明月珰道:"明月姑娘智勇双全,巾帼不让须眉,请。"

明月珰将另一只酒杯拿起来一饮而尽。

朱公公道:"皇上口谕,哥舒唱先行回府,明日昌武殿设宴,宴请群臣,以贺胜利。"

哥舒唱领旨。回到哥舒将军府,仆人老路远远看见他,迎上来:"少将军回来了!老将军让你回来了先到书房等他。"

"老将军来了?"哥舒唱吃了一惊,父亲不是在姑苏养老吗?

"前几天才来的,看来是特意赶来迎接少将军凯旋呢,可惜您竟然没有跟大军一起回来。"说着,老仆人对明月珰施了一礼,"奴才见过明月姑娘。"

哥舒唱和明月珰怔在原地。

一切都超出想象,迎接他们的不是责问和冷淡,而是这样热忱的欢迎。

为什么每个人都知道明月珰?事实上,她的事,哥舒唱除了对上官齐说过之外,再也没有对任何人提起。

明月珰忍不住问:"唱……到底怎么回事?"

哥舒唱心中同样不解,两个人先到书房,他道:"别担心。月氏已经归降大晏,两国已不再是敌人,你当然也不再是敌将身份。皇上最多降我几品官职,罚我几年俸禄,父亲也不过责骂我一顿。"说着他微微一笑,"总之,不会有事的。"

他说得这样轻描淡写,明月珰知道因为她,他在军中已是声威

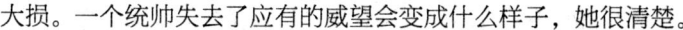

大损。一个统帅失去了应有的威望会变成什么样子,她很清楚。

她轻轻叹了口气,靠在他胸前,低声道:"希望我们所有的付出,能有一个好的结果。"

"会的。"

只要能够在一起,就可弥补所有的失去。

"咳。"

书房外传来一声轻咳,房内相拥的两人有些尴尬地分开。

"父亲。"哥舒唱恭敬地唤。

哥舒翎。

明月珰目不转睛地看着门外的老人,他没有父亲高大,却比父亲多了一种文气,他没有父亲那样的霸气,眼中却有一股坚定不移的力量,令人折服。

他跟父亲是完全不同的人。

母亲爱上的人,原来,是这个样子的。

哥舒翎走进来,上官齐跟在他身后。明月珰注意到他走路的时候,右腿仿佛有点儿瘸。

"这是你父亲留给我的念想。"哥舒翎的后背像是长了眼睛,知道她的目光落在他的右腿上,道,"飞月银梭的威力令我至今难以忘怀——我很想再看它一眼,你带来了吗?"

"没有。"

哥舒翎有些锋利的眼神慢慢变得柔和:"你愿意为唱儿放弃过去的一切吗?"

明月珰没有回答,只望着哥舒唱,微微一笑。这一笑,有着朝阳也不可及的温暖光辉。

哥舒唱的手与她的手握在一起,全身的力量与心情,仿佛可以

通过手臂贯通到彼此身上,他感受到她当时的心情,整个人也不由得一震。

自从父亲进来,他就不敢正视父亲威严的目光,因为他知道自己违背了父亲一直以来的教导和期望,然而她的心情影响了他的,他抬起头来,目光一点儿一点儿对上父亲的。

父子二人的目光相交在一起。

十数年的岁月在这对视中哗啦啦重新流淌了一遍,他拥有的第一个记忆,就是父亲凯旋,母亲带他到城门外迎接父亲的情形。那个时候父亲的马在最前面,后面是威严的、肃整的、长得看不到边的军队,兵革之气肃杀极了,令小小的他心灵震撼。

父亲,你是我心目中最伟大的英雄,我一直追着你的背影,渴望自己可以成为第二个哥舒翎……很遗憾,我没有追上你。

哥舒翎的目光威严极了:"哥舒唱,你知错吗?"

"知错。"哥舒唱答,望向父亲,目不转睛,"但不后悔。"

哥舒翎凝视他半晌,许久,收回了目光,道:"我已呈上奏折,说明明月珰是我派入大晏的内应——此次随征的,大半是我当年的旧部,我这样说,他们也不会有什么意见。幸亏阿齐及早把你们的事告诉了我,这才没有酿成大的事端,明天你们好好进宫参加庆功宴吧。"

说罢,他站了起来,经过明月珰身边时,问:"你的母亲,还好吗?"

"她已经不在了。"明月珰道。

哥舒翎已走到门边的身子一震,僵了片刻,低声道:"不在了吗……她比我还小三岁……"

明月珰怔怔地看着他远去,这一刻,他的背影好像矮了几分,看上去不再是不怒自威的护国将军,而只是一位平凡的老人。

"唱,我做错了吗?"

"什么?"

"我是不是应该把那一箱子衣服带来,而不是烧掉?"

"既然是你母亲的吩咐,自然有她的道理。"

"是……那是母亲的骄傲,既然已经分开,再多的爱和思念都是一个人的事。"明月珰靠在他怀里,声音低低的,"可是我现在有些后悔,如果带来,你父亲会知道,在这个世上,有人在他身上倾注了一生的时间。"

她的声音有掩不住的低沉,哥舒唱拥住她:"开心些,好吗?没有想到事情会这么顺利,没有想到父亲会这样帮我……珰珰,我们应该高兴。"

"因为你做到了他曾经没有做到的事吧。"明月珰幽幽地叹息,"这世上,碰上一个自己喜欢的人已经很难,彼此喜欢而又能在一起,更是难上加难。唱,我忽然觉得,我们真不容易。"

"是。"哥舒唱将她拥得紧一些,"我们的苦已经吃完,再也不会有了。一切都会好起来,明天,我就请旨完婚。"

"那个公主呢?你不是要娶她吗?"

哥舒唱笑:"你让我娶吗?"

明月珰眼睛一眯:"意思是说,如果我让,你就何乐而不为?"

"岂敢岂敢……"

笑声从书房里飘出来,从外面经过的老路忍不住停下了脚步。少将军,很久没有听到他这样笑过了呢。

（三）

五月十九。

明月珰跟着哥舒唱从南华门进来，经过泽馨殿、乾西殿、承德殿，以及长长的游廊和花团锦簇的御花园，一路上惊叹不已，轻声对哥舒唱道："难怪哈路总说大晏富丽繁华，这皇宫大得让人迷路。"

哥舒唱低笑。

两个人跟着带路的小太监来到昌武殿。

殿中已经到了不少大臣，见哥舒唱进来，都纷纷上前打招呼，哥舒唱被众人团团围住，如众星捧月。两个人之间的距离被热情的大臣们拉开，明月珰带着笑意看着人群中的哥舒唱，他真是英武，举止又有礼，光华如此耀眼。

"明月姑娘，"身后有个轻悦的声音这样唤她，"请到这里来坐。"

是个穿深青色朝服的男子，大晏的朝服无论从颜色还是样式来说，都典雅庄重，穿在他身上，却分外飘逸，他指引她坐在左首第二个座位。

哥舒唱不见明月珰，举目四顾，瞧见了她，排众而来，向那男子道："清和，几位王爷都要来，你不要乱排位置。"

清和浅笑道："这是哥舒将军的庆功宴，左首第一是哥舒将军坐，这第二嘛，自然是明月姑娘的位置。"

"观礼内侍没有开口，你又来打什么杂？"哥舒唱和他似极熟悉，说话的时候不像跟别的同僚一样客气，"九王爷没来，你怎么来了？难得九王爷肯单独放你出来。"

"你操心的事还不少。"清和照旧是轻悦有礼的样子,"据我所知,今天越阳公主也会出席,你要做好准备。"

正说着,便有观礼内侍出来请各位入席。清和是四品平章知事,两个人的席面相距甚远,走开的时候,清和凑近哥舒唱耳旁笑道:"果然是个美人,难怪哥舒兄也难以自持。"

哥舒唱脸上微微一热,明月珰低声笑:"他跟你好像很熟呢,我没见谁敢跟你开这样的玩笑呀。"

哥舒唱带她入席——左首第一第二的席位果然是他们的——面低声道:"这样的话你还是少听为妙。"

"怎么?我可不会像某人一样不好意思哦。"明月珰的眉毛挑起来,碧绿眸子璀璨动人,"他夸我貌美,我还没有多谢他。不过说真的,你说,我漂亮吗?"

她碧眸雪肤,红唇如花,整张脸在哥舒唱面前放大,哥舒唱的呼吸忽然有些急促,把她按回席位,低声道:"不要胡来。皇上马上就出来了。"

"那重要吗?"

明月珰笑嘻嘻,忽听太监高声唱喏:"皇上驾到——"

一时衣袂声响,群臣都离席行礼:"万岁。"

皇上五十几岁的年纪,穿着明黄色御衣,捻须微笑,看上去十分慈祥。他身后跟着一名宫装女子,梳高高的发髻,珠翠环绕,却不显得俗艳,反而有股逼人的高雅,仿佛她就该用珠玉堆砌起来似的。她站在皇上身后,望着席上的人,目光先是停在哥舒唱身上,随后一滑,停在了明月珰身上。

明月珰感觉到她冰冷的目光,抬起头来,和她对个正着。

这个,就是越阳公主吧?

皇上命众臣平身,先与众人同饮,又赐御酒一杯给哥舒唱,笑道:"令尊与将军都是当世名将,为我朝疆土奔劳,实在是辛苦了。"

"谢陛下。"

"我也敬将军一杯。"声音来自御座旁,越阳公主举杯,"恭喜将军得胜还朝。"

"谢公主。"

越阳公主望向哥舒唱的目光,跟刚进来时的高傲眼神完全不一样,眸色温柔如水。

明月珰心里忽然十分不舒服,耳旁听得皇上道:"这位便是明月姑娘?"

"是的。"

"哥舒老将军果然不凡,能找到姑娘这样的人为大晏效力,真是巾帼不让须眉。来人,赐酒。"

明月珰谢恩领酒,皇上笑道:"这次你也立下汗马功劳,想要什么奖赏,但讲无妨。"

越阳公主微微一笑,道:"父王,明月姑娘再能干,也是个女人,不如,赐一位如意郎君给她?"

"好。"皇上答应得极顺溜,道,"靖安王爷的世子凤如扬相貌堂堂,英武不凡,堪配明月姑娘,来人,拟旨——"

哥舒唱心里一惊,明月珰再立下功劳,也不可能以一介平民的身份嫁给世子,这份赏赐重大得超出常理之外,他站起身:"陛下……"

"多谢陛下好意,只是我已经有了意中人,不想嫁给别人。"明月珰的声音在耳旁响起,她没有看着皇上,而是看着越阳公主,

"陛下若真想赐我一位如意郎君,我只要哥舒唱。"

越阳公主脸色大变。她一早听到哥舒唱没有跟大军一起班师,而同一名异族女子停留在月氏的传闻,后来又听说这名女子是大晏的内应,已经对这名异族女子起了极大的戒心。

把她指婚给靖安王世子,是皇上看到女儿忧愁的折中计划。毕竟明月珰是有功之人,不能让她嫁给哥舒唱,也不能太委屈了她。放弃将军夫人的位置成为未来的王妃,这已是极大的殊荣,哪知明月珰竟然当面拒绝。

越阳公主中意哥舒唱,几乎是朝野皆知的事情。

立时群臣失色,低低的议论声在大殿上响起。

皇上脸上的笑容也不禁僵住。

"请陛下饶恕明月珰的无礼,她久居月氏,不谙中原习俗,辜负了陛下的好意。"哥舒唱恭声道,"只是臣与明月珰已有婚约,她不能再嫁给他人。"

"已有婚约?"越阳公主站了起来,"你说什么?"

"越阳。"皇上淡淡地唤了女儿一声,越阳公主忍了忍,坐回位子上。

这淡淡的一声里,隐含常人难以企及的威严,明月珰隐隐感到皇上并不像表面那般慈祥和蔼。

"已经有婚约是吗?那好吧,你便嫁给哥舒唱。"

明月珰心中一喜,又听皇上接着道:"哥舒唱年纪轻轻,战功赫赫,朕十分欢喜,意欲将公主下嫁。明月珰,你与公主效法娥皇女英,也能成就一桩美谈……"

"抱歉。"明月珰的脸色冷下来,道,"我只嫁他一个,他也只娶我一个。除了我之外,他不会喜欢第二个女人。"

她站在大殿当中,身上散发出森森然的自信。这一刻,她感到自己又成了明月苍,有战斗的欲望。

谁也不能把哥舒唱从她身边夺走。

哥舒唱握住她的手,拉着她一起跪了下来,低声道:"原本儿女之事,不该亵渎陛下清听。但明月珰所言,确是事实,万望陛下恕罪。"

大殿一片寂静。

这是抗旨不遵的大罪啊。

皇上捻须,忽然一笑,道:"今天是庆功宴,大家应当开怀畅饮,这等儿女情长,交给哥舒将军自己处理便好。"说罢,他举杯:"来,我们共贺哥舒将军凯旋!"

众人纷纷举杯,大殿上重新热闹起来。

哥舒唱和明月珰相视一眼,一口气这时才松下来,互相握在一起的手,掌心已经沁出细汗。

(四)

"如果皇上不同意,你打算怎么办?"

"不知道。"

"说真的呢,要是他真不同意,也许我们两个会被拉出去砍了。"

"皇上不是那样的昏君。"哥舒唱道,"他不会为那样的理由斩杀功臣——只是你太莽撞了,跟皇上说话,要谨守礼仪。"

"唉,那个皇宫,我再也不要进去啦。"明月珰长长地吐出一口气,"我觉得像是从鬼门关走了一趟。"

"召平民身份的女子上昌武殿,这次已是特例,相信不会再有。"哥舒唱说着,轻轻握住她的手。

两手相握,彼此的情绪便可以感知到。哥舒唱心中有暖暖的光亮,公主是最后一道障碍,现在,一切都结束了。

而属于他们两个人的生活,才刚刚开始。

两个人出了南华门,下人们牵着马迎上来,两个人打马回将军府。

到了门前,明月珰翻身下马,马鞭交给下人,举步进门,哥舒唱却没有下马,坐在马背上,看着她的背影,忽然道:"等等。"

"嗯?"

"我们去一个地方。"

"去哪里?"

哥舒唱微微一笑,把手伸向她。

他笑起来的样子,是世上最好的风景,深紫朝服衬着他英俊的面容,双眼如同朝阳一样温暖。

明月珰握住他的手,他轻轻一用力,将她带到马背上,缰绳一扯,掉转马头,往大街上奔去。

(五)

五月初夏时节,天气开始热起来,人们穿上薄纱的衣服,风吹来衣襟飘飘。初夏的风,吹在脸上清凉温存,舒服极了。商铺里很热闹,商品琳琅满目,叫卖声与讨价声不绝于耳,充满烟火气。

这种俗世里的热闹深深吸引着明月珰,她要求下马,哥舒唱顺着她,两个人下马步行。明月珰很有兴致地逛街,她拿起一支珠钗,笑吟吟地给哥舒唱看:"漂亮吗?"

哥舒唱点点头,脸色却有点儿古怪。

"怎么了?"她问。

哥舒唱低声道:"我没有带银子。"

明月珰大笑起来:"你带女孩子逛街,连银子都不准备好吗?"

哥舒唱有些尴尬:"原本并不打算逛街。"

"那你带我出来做什么?"

哥舒唱的脸上竟微微发红,店铺人多,他拉着她出来,道:"去了就知道。"

他的目的地是绣庄。

花家的绣庄,是京城最出名的绣庄之一。

店主见他身穿一品朝服,知道是个大人物,连忙迎出来行礼,殷勤伺候,问:"大人想要些什么?"

"我听说花家小姐的手艺天下无双,我想请她缝制两套衣服,她在吗?"

"这个……小姐人在杭州,并不在京城。"店主有些犯难,"而且,要等我家小姐做衣服非三五个月不可,大人能等吗?"

哥舒唱微微吃了一惊:"做两件衣服,要那么久吗?"

"按小姐的手艺来做,是要这么久哩,大人急用吗?"

"那么……请贵店手艺最好的师傅来吧。"

不一时,一位老师傅被请来了,问:"是哪位客官要做衣服?"

"我和她。"哥舒唱道,"两个人。"

老师傅"哦"了一声,拿出尺子给两个人量身形,一面道:"客官喜欢什么颜色?要用什么样的布料?做成什么样的款式?"

"红色。"哥舒唱说,"吉服应该是红色吧?"目光望向给明月珰量身形的老师傅，次后看向明月珰。

他的目光认真而温和，明月珰呆了呆。

"吉服啊！"店主连忙道贺，"真是恭喜二位啦！"

"唱……"明月珰仿佛身在梦中，"你在说什么？"

"不可以吗？"哥舒唱笑着说，喜悦也是逼人的，心里怦怦直跳，"难道你还是想嫁给世子？"

"你……"明月珰咬了咬牙，她碧绿的眸子氤氲着雾气，嘴角不由自主往上扬，整个人埋在他胸前，喜出望外，"你要娶我做你的妻子吗？"

"嗯。"

他的声音沉沉的，虽然低却坚定。

给她无比的安全感。

她长长地吐出一口气，所有的挣扎和失去都得到了回报。她靠在唱的怀里，光亮与温暖笼罩全身。

唱的胸膛就是她的天地。

（六）

护国将军的婚事，就这样毫无预兆地筹备起来。两个人都巴不得能快一点儿，但是光做吉服至少就得大半个月，更别提请客诸事。原本要回姑苏的哥舒翎也因为这件事耽搁下来，儿子要成亲，对父亲来说，总是一件大事。

这一天是五月二十三，哥舒唱告诉父亲今天一天不回家，哥舒翎问："怎么？兵部有事？"

"不。今天是珰珰生辰。"

"哦，去吧。"

哥舒唱转身走出书房，哥舒翎忽在门后唤住他，道："生辰要去菩萨面前上炷百岁香，还要吃长寿面，你知道吗？"

哥舒唱倒没听说过。

"这是姑苏人的习俗……算了，你去吧。"

哥舒唱微微俯首，大步而去。他的步子迈得很快，因为这个时候明月珰已经在大门口等他。

这是他陪她过的第一个生辰，从今以后，她的每一个生辰，都可以由他陪伴着度过。

是的，从今以后，直到老去。

我都会给你过生辰。

这个念头令他的步子快得像要飞起来。

（七）

书房里的哥舒翎望着儿子的背影出神。

这个儿子长得太像他，不由得让他想起了许多往事。

在他像儿子这个年纪的时候，也曾怀着一颗几近飞翔的心，去给女孩子过生辰。带她去上百岁香，然后吃长寿面，她笑起来眉眼弯弯，一切仿佛还在眼前。然而，人已经永远不可能再见到了啊。

阳光照进书房，光线里有细尘飞舞，哥舒翎缓缓地吐出一口气，站起来，去看花园里的兰花。

走到门口，差点儿撞上一个人，那人穿浅灰衣衫，飘逸出尘，步伐有些急促，即刻止住脚："老将军，下官……"

"清大人。"哥舒翎清晰地唤出他的名字，他虽然只是四品平章知事，但才智出众，计谋高远，哥舒翎早已有所耳闻，眼见他行色匆匆的模样，不由得郑重起来，"有什么事吗？"

"哥舒唱可在？"清和道，"我今天在御览阁无意中听到一则消息——哈路王已经递上降表，愿意世世代代归附大晏，年年进贡，岁岁来朝，只有一个要求……"

听到这里，哥舒翎神情一震："这个要求，和唱儿有关？"

"他要陛下处死明月珰。"说出这个名字的时候清和的目光一闪，"他说，明月珰其实是鬼将军明月阿隆的女儿，为了给父亲报仇，不惜挑起月氏和大晏的战争，之后又假装投降，真实目的是亲手杀死老将军您，更有可能会对圣上不利……"他从袖子里掏出一份折子，递给哥舒翎，"这是我默记下来的内容，哈路王借着这一点向圣上表明归附之心，措辞严厉，写得慷慨激昂。那日在大殿上，哥舒唱和明月姑娘双双顶撞圣颜，又扫了越阳公主的颜面，我担心，皇上这次手下不会留情。"

哥舒翎匆匆看了一遍，眉头紧紧锁了起来。

"眼下唯有老将军进宫面圣，讲明明月姑娘的身世……虽然不一定管用，但皇上也许会卖老将军一个人情。"清和道，"老将军可知道哥舒唱在哪里？我去把他找来。"

哥舒翎默然不语，清和等了半天不见答复，他原是极聪明的人，见老将军这副神情，心里"咯噔"一下："难道……"

"明月珰的确是明月阿隆的女儿，最初也的确是想报父仇……"哥舒翎沉沉一叹，"清大人，此事交给我处理。唱儿……等过完今天再说吧。"

"事态紧急，老将军还是早些把哥舒唱找来吧！"知道了明月珰的身份，清和的眉头锁得更紧了，"不早些商议对策，恐怕就来不及了。"

"正如你所说，皇上这次恐怕不会留情。"哥舒翎说着，负手

向花园走去,声音落下来,"还能有什么对策呢?"

(八)

那一天哥舒唱到晚方归,才踏进大门,老路便迎上来:"少将军,老将军在书房等您。"

"嗯,我一会儿就去。"

"老将军说您回来了就马上去。"

"你去吧。"明月珰道,"一定是有急事。"

"嗯。"哥舒唱点头,理了理她的鬓发,"累吗?先去洗个澡,好好休息。"

"累的人是你。"明月珰轻轻在他腮边一吻,"我可是你背回来的。"

哥舒唱低低一笑,跟老路往书房走去。

他一进门便觉得有些讶异,哥舒翎的脸色阴沉得可怕。

"父亲,怎么了?"

哥舒翎推过来一张纸。

哥舒唱一看,认得是清和的笔迹,才要开口,视线却被上面的内容紧紧扯住,脸色一点儿一点儿苍白起来,他的手轻轻颤抖:"他……他撒谎,珰珰根本就厌恶战争……"

"那又怎么样?"哥舒翎沉沉道,"于公,作为归附的唯一条件,圣上没有理由拒绝。于私,越阳公主一直垂青于你,哪个父亲不愿意看到自己的女儿得到幸福?"

"事实并非如此!"那张纸在哥舒唱的掌心里被捏得变形,他的声音也变了,又低又哑,"他在报复——"

"这是哥舒唱吗?"哥舒翎的声音威严极了,"事情已经发生,你不去想想如何对付,却在这里做这种无谓的解释,你,真的是我的儿子吗?"

冷汗滑下哥舒唱的额头。

事情发生得太过突然,以至于令他失去了应有的镇定。

更令他恐慌的是,父亲所说的,全是事实。

这明显是哈路的报复,居然以此作为归附的唯一条件,借大晏天子之手,来报复明月珰的背叛。

再加上他对越阳公主的拒绝……

一切足以将他逼入绝境。

"现在还没有圣旨下来,大约圣上也在思忖……你考虑的时间并不多,唱儿。"哥舒翎慢慢站了起来,经过他身边的时候,问,"今天,过得还好吗?"

哥舒唱没有回答,黑眉黑眸,在烛光的映照下,异常地黑。

哥舒翎低低一叹:"人生之事不如意者,十之八九。唱儿,能欢喜一日,便够一生回味。不能太贪心。"

说罢,他离开。

书房陷入彻底的寂静,仿佛连烛火都暗了下来。

哥舒唱双膝一软,跪倒在地上。

(九)

明月珰洗完澡,换上轻软的衣衫,推开哥舒唱的房门,屋子却是空的,她想了想,往书房走来。

还没到书房,远远瞧见哥舒翎从游廊间走过。

"你怎么一个人待在这里?"她踏进书房,猛然瞧见哥舒唱竟半跪在地上。

在阵前指挥如意的唱,在马背上英勇非凡的唱,永远镇定优雅的唱,怎么这样颓丧?

明月珰久久说不出话来,在他面前蹲下:"出了什么事吗?"

淡青色的衣摆停在面前,他慢慢抬起头来。

她碧绿的眸子盛满担忧,轻轻伸出手,抚向他的面颊:"唱?"

一股酸涩从肺腑直冲咽喉,近到眉睫,哥舒唱张开双臂紧紧地抱住她,抱得那样紧,恨不得把她挤进自己的骨骼里。

"到底怎么了?"

哥舒唱没有回答,下巴抵在她的发上,她看不到他的脸,不知道他脸上的神情痛苦得几乎快要撕裂。

如果皇上真要她死,他能做什么?

带她走……

——那样的话,整个哥舒家都要被连累,甚至要背上通敌叛国的罪名。

眼看着她去死吗?

怎么可以?只是设想,神魂都要离散。

我该怎么办?珰珰,我该怎么办?

明月珰感觉到他的身体在剧烈地颤抖:"唱,有什么事,你告诉我啊。"

他的声音响在耳边,带着嘶哑的轻音,竟像是抽泣:"珰珰,帮我拿酒来,好吗?"

明月珰起身,去拿酒。

片刻,她抱着一坛酒进来,身后跟着两三个下人,各自抱着一坛酒。

她拿出两只大碗，满上，望向他，碧绿双眸倒映着他的脸："喝得了这么多坛吗？"

他接过，一口饮尽，从来没有这么猛烈地喝过酒，酒的辛辣劲把喉咙呛得要烧起来，他拼命忍住咳嗽，再喝一碗。

明月珰的目光有些忧伤："以前我不开心的时候，就会喝酒。喝醉了，就会忘记那些事。虽然忘记只是暂时的，但暂时的也好。"

可是唱，你显然和我不一样。如果有什么事情能让你这样，那就不是暂时忘记就可以解决的。

哥舒唱不停地喝酒。

一碗，两碗。

一坛，两坛。

夜色越来越重，雾沉沉的。

这样的哥舒唱，就像失去了劲气的重罗剑，空有锋芒，无力施展。

明月珰的目光越来越忧伤。

唱，有什么事，你宁愿这样灌醉自己，也不愿意跟我倾诉？

酒气从肠胃蔓延至哥舒唱的额头，一阵阵，像风，像水，把整个人淹没。

酒似乎随着他的血液流经四肢百骸，直到指尖，手指一松，握不住酒碗，"当"的一声，摔在地上，破碎了。

他的右手沉下去。

"唱……你醉了。"

明月珰放下酒，想把他扶起来，他的头靠在她怀里，含混不清道："我没醉……"他重重地呼气，"珰珰，告诉我，那天在城头

上,如果我不回答你,你会怎么样?"

珰珰抱着他,声音像是叹息:"会死。"

"为什么?"

"如果不能和你在一起,我想活着也没有什么意思。我不想像母亲一样,一辈子都活在回忆中,那样有什么意义?她其实早已死了,在你父亲拒绝她的时候,就已经死了。活在世上的她,不过是一具只有回忆没有将来的躯体。"说着,她叹了口气,轻轻地在哥舒唱的额上一吻,低声道,"有一段时间,我觉得母亲可能是疯子——喜欢一个人,怎么可能喜欢到失去自我的地步?却没想到,我自己也变成了疯子。"

原来爱上一个人,就没有了自我。

哥舒唱的指尖陷进她的衣服里,轻薄的衣衫被握得变了形。

一滴泪,滑下他的眼角。

他闭上了眼睛。

醉意彻底袭来。

最后一句含糊的呢喃:"珰珰,我也是……"

(十)

明月珰醒来的时候,阳光已经洒满窗棂。

身边的哥舒唱还没有醒,他的眉头微微皱起,昨夜喝得太多了,宿醉的滋味可不好受。

明月珰的手抚上他的面庞……嗯,为他准备一碗清淡的粥吧,于醉酒之后的肠胃再适合不过。

费了好些功夫,才在厨娘的指导下做成一锅粥。而哥舒唱还没有来找她,这么说,他还没有醒。她配好小菜,跟粥一起放在托盘里，端进他的屋子。

可是很奇怪，哥舒唱不在屋子里。

"少将军一起来便出门了。"丫鬟道。

明月珰有些丧气，她准备得很辛苦呢。

唉，不管他，说起来，成亲用的红烛灯笼之类，今天也该到了。虽然哥舒唱说把一切交给老路操办，可是作为新娘子，她对这些琐碎事情有一万分的兴趣。

穿过游廊的时候，明月珰瞥见一个太监带着几名侍卫从花厅出来。那太监十分面熟，想了想原来就是在城门见过的朱公公。

朱公公看见她，微微一顿，向她走来。

几名侍卫将她围住。

他们身穿青甲，露出朱红袍袖，这是在大晏皇宫见过的羽林军才有的装束。

不祥的预感从明月珰心底蔓延开来。

朱公公看着她，脸上丝毫没有当日在城门下迎接哥舒唱时的笑意，一脸肃穆，平静地道："奉圣上口谕，捉拿逆贼明月珰，交由刑部候审。"

"捉拿？逆贼？"明月珰皱眉，"什么意思？"

"一切到刑部自有分晓。"

朱公公说完，几名侍卫一拥而上，明月珰身形轻盈，搭在一人肩上腾空翻跃，落在一旁，冷然道，"拿出凭据来，否则，我不会跟你们走。"

几名侍卫都是好手，被她出其不意闪开，不再等第二句话，再一次围上来。明月珰拳脚功夫极平常，左挪右闪十分狼狈，正在这时，只听一声低喝："住手！"

这声音低沉却坚定,隐隐有金石般的力量,世间只有这一个声音,可以令明月珰安下心。

哥舒唱从游廊尽头缓缓走近。

"唱……"明月珰大叫,"他们要捉我!说我……"

"月氏国王上书圣上,说你挑起两国战事,又潜入大晏,图谋不轨。"哥舒唱平静地说,脸上没有丝毫表情。

"有这种事?"明月珰大怒,"哈路竟然……"说到这里她的声音戛然而止,虚空中像是有把利刃,割断了她的话头,她的目光凝固在哥舒唱冰冷的面庞上。

现在已不是哈路的问题,而是哥舒唱的问题。

"这件事,你早知道?"明月珰碧绿的眸子瞬间冷却下来,心里却可怕地灼烧起来,"你知道我要被捉走?什么时候?昨天……所以你昨天喝醉?"

"这不重要。"

"那你告诉我什么重要?"明月珰的嗓子仿佛已经哑了,逼到他面前,"你告诉我,什么是重要的!挑起战事,潜入敌国,这是什么样的罪名你不会不知道吧?我进了刑部,还能活着出来吗?"

哥舒唱的脸上没有表情。

冰冷得像块石头。

像是万年冰封从来没有解冻过。

无数个念头在明月珰的心中千回百转,蓦然,她大笑起来:"这就是你的选择?不想被我连累,所以赶快撇清关系?"

"明月珰,这辈子,算我对不起你。"

"对不起?"

明月珰的眼里迸出泪来,自己丝毫不觉,心像是活生生被劈成两半,并不觉得疼,只是冷,冷到了骨子里,整个人都发起抖来。

昨天还对她许下永生永世不分离的誓言,今天就眼睁睁看她被带走。昨天还说要陪她过每一个生辰,今天却冷漠得像是从未相识——这就是,她抛弃一切爱上的男人?

每一个转念都像是在心上凌迟。

——明月珰,你瞎了眼!

"啊——"

她劈手夺了一个侍卫的刀,迎面向哥舒唱斩下!

杀了他!

杀了他!

杀了他!

第十章 过去

(一)

她想起来了。丝毫不差地想起来了。

过去的一幕幕走马灯似的在脑海里飞旋,已经过去的曾经重新在面前发生了一次。她记得跃下城头时连生死都会忘记的幸福;她记得他为她过生辰时,飞翔一样的快乐;她记得他冷漠地看着她被羽林军围攻,她记得那一刻夺刀斩向他时的仇恨!

恨他,恨不得剥他的皮,吃他的肉!是这样强烈,恨意充塞在血液里,她已经没有了自己,死也要先让他即刻死在她面前。

但她没能杀了他,一怔之下被夺了刀的羽林军迅速地捉住了她,将她带去刑部。她状若疯狂,大声咒骂他,用尽世上最恶毒的语言,他站着一动不动,甚至没有回过头来看她一眼。

"想起哥舒唱的真面目了吗?"哈路的声音在耳旁响起,"还……"

他的话被飞月银梭打断,枪尖指着他的咽喉,明月珰冷冷道:"你有什么资格说他?别忘了害我身陷牢狱的人正是你!"

"你又有什么资格说我?"哈路冷笑,"别忘了是你先背叛我!我只不过处罚月氏的叛徒——明月珰,甩甩袖子一走了之,世上哪有这样的便宜事?"

"那是我的自由!"明月珰怒道,"我想过什么样的生活,跟你有什么关系?"

哈路鹰一样的碧眸掠过一丝寒芒:"明月珰,我的脾气你应该知道,我得不到的东西,别人也休想得到。哥舒唱敢抢走我的女人,我就要他生不如死。他要护你,就要身败名裂;他要护家,就要眼睁睁看你去死!你们此生做的最大错事,就是得罪了我——再说,如果不是我,你怎么知道喜欢的是个什么样的人?"

明月珰的手臂一颤,忽地,她收回飞月银梭,翻身上马。哈路叫住她:"你要干什么?"马背上的明月珰静了片刻,回过头来。

她脸上的神情,竟出奇地平静,碧眸深沉如海。

"你唤醒我的记忆,也是报复吧?"她平静地问,"你想让我也尝到被背叛的痛苦,你想让我去杀了哥舒唱,你没有得到幸福,所以要让我和哥舒唱也得不到,是这样吧?"

他从未见过这样的明月珰。明月苍是森然冷漠的,明月珰是恣意热烈的,而此刻,她浑身似有冷冽清辉,微凉却不冷漠,似月华一样照在人的心里。

这的确是他的报复,是他来到大晏的目的,然而眼前的明月珰,已不是他记忆中的明月珰。痛苦的记忆对她来说只是一瞬间的事,她没有像他想象的那样被仇恨淹没,反而这样平静淡然。

哈路怔住了。

"回月氏吧,哈路。大晏不是适合你的地方,而月氏的臣民正等着你。"明月珰道,声音平淡极了,"我很抱歉,在战争最紧要的时候离开。我只是想按自己的方式去生活,战争、名誉、富贵,对我来说,远不及他的指尖温暖。也许所有的任性都要遭到惩罚,

那么这么久以来我受的惩罚已经够了。""他辜负你,你难道一点儿也不恨他?""恨不恨,总要弄清了再说。他并没有让我死,我至今还活着。""他甚至夺去了你的记忆,这样活着,你也能接受?"

"活着就是活着。"明月珰道,"能吃饭,能走路,能领略人间的风光,我没有记忆,但我有将来。原来我错了,我以为母亲的生活不过是行尸走肉,其实她是幸福的。她有那么多的回忆陪伴,一点儿都不寂寞。"说着,她轻轻地吐出一口气,心里像是有什么东西发出"咔嗒"一声轻响,整个人莫名地轻松,她微笑,"记忆,是多么美好的东西。"

唱,虽然你给过我伤害,但是,你也给了我许多快乐的记忆。哈路整个人似是痴了。

"我走了!"明月珰一扬马鞭,"无论你帮我找回记忆是为了让我痛苦也好,还是利用我报复哥舒唱也好,我都要向你说一声多谢!哈路,再会!"

"啪"的一声,马鞭抽在马臀上,那马甩开四蹄,向前奔去。

很快,她成为远远的一道剪影。

"明月珰……"哈路望着她的背影,心中滋味连自己也说不清楚,失落吗?失望吗?一路上无数次问自己,看到她痛苦,你会开心吗?会的。他一遍一遍告诉自己,这是她应有的下场。她要被自己的记忆折磨,她要去杀死自己最爱的人。

可是,前尘过往在脑海中过了一遍,对她来说竟像是顿悟。这是明月珰吗?她没有愤怒,没有仇恨,没有悲伤。

她那像月华一样清冷的目光像是留在他心里,连带整颗心都变得凄凉,岁月如同流水一样在眼前汩汩流过,这样的她,竟令他感到解脱。报复或者恨意压在他的心上，已经很累了。

是不是，该放下来？他忽然打马去追明月珰。

明月珰远远听到他的呼喝，勒马停住。

"小心越阳公主！"哈路赶上来道，"你的行踪，就是她告诉我的。上次是我利用晏朝皇帝，现在是她利用我。那不是个容易对付的人。"明月珰看着他，声音有些低："哈路……"

"不要再说多谢。"哈路止住她，忽地一扬眉，道，"答应我一件事！""你说。""如果你们有了孩子，如果那个孩子是碧眸，就把他送到月氏来。"

明月珰一怔。

"守护月氏数百年的明月家族，不能就这样断送在你的任性上，它将延续下去，千秋万代，与月氏同在。"

无来由地，明月珰的眼角有点儿湿："我答应你。"

"那么，走吧。"哈路望向她，目光有些忧伤，又有些凄凉，忽然一挑眉，整个人又变得意气风发，他道，"去问问哥舒唱，这到底是怎么回事！要是他对不起你，我不介意再跟他打一仗！"

明月珰的眼里似有雾气。

"快走！"哈路一扬马鞭抽在她的马上，他的声音远远地从后面传来，"婆婆妈妈，哪里有半点儿明月家人的样子？"

声音最后消失在风中，再回头时，他已成了远远的一抹黑点。

她想起第一次见他，他也是这样远远地看着她，她看不清他的面容，但感觉到他目光的深邃和锋利。

那时，她才十五岁，而他才十九岁。很远了。如果没有遇上哥舒唱，也许，她真的会做他的王后。但，已经遇上哥舒唱了。

已经遇上那个，想拼尽全力把什么都做到最好的傻子了。

（二）

明月珰风尘仆仆，来到京城。哥舒将军府还是那样高大阔气，可是门楣上的"护国将军府"五个大字，却被摘了下来。

大门紧闭。

明月珰吃了一惊，翻墙进去，只见每间房屋都是门窗紧闭，后院的屋子倒是敞开的，那是哥舒家放杂物的地方，东西堆放得乱七八糟，赫然还有两具棺木。

以前她住在哥舒府的时候，并没有看见啊。何况老将军的寿木是放在姑苏的，这两具棺木是谁的？下人全走了，府中极冷清。明月珰去四周一打听，才知道哥舒唱再三请辞，触怒圣颜，被削去爵位，从今往后，再也没有哥舒将军府。

有人还看见前几天哥舒将军用长长的车队拉了许多东西，也许是搬家？搬到哪里？不清楚。明月珰没有线索，咬了咬牙，往和婶所在的小镇而去。他曾经许下诺言，一个月之后娶她为妻，而现在，一个月也快到了。

（三）

在路上追了三天，前面遥遥有一队车马，真长。明月珰一面赶上来，一面数了数，足有十七辆马车，每个车厢都塞得满满的，也不知是什么。其中一辆马车的前辕上，坐的人十分面熟，是老路。

那么，这就是他的车队了！

"哥舒唱！"明月珰大叫，声音那么大，马跑得那么快，颠簸得声音都有些颤抖，"哥舒唱！"

车队最前面一匹马上的人回过头来，面目英勇，目若星辰，看见她,大是意外:"珰珰?你怎么来了?"

明月珰打马到他面前,一个月不见,他看上去仿佛瘦了一些。面前这张脸,仿佛是上天安排给她的劫难,一看到他,心里便说不出来地酸软,她低声道:"告诉我真相。"哥舒唱一震:"什么?""当初的,现在的,所有我不知道的,都告诉我。"明月珰道,"到底,我为什么会失去记忆,为什么你要刻意隐瞒?唱,我愿意相信你,所以听你说,你不要再隐瞒我。"

哥舒唱的神色复杂极了,有不敢相信的诧异,有不知身处何地何夕的迷离,甚至,还有一丝恐慌,好像看到了什么极可怕的事情。他向来镇定冷静,很少这样失态——啊,那一次,看到她弹琵琶,他也是这副模样。当时他以为她记起了什么吗?

唱,你害怕我记起来吗?复杂的神情在他脸上瞬息万变,最终成为一片悲凉,他望向她,"我给你的匕首,你带在身上了吗?"明月珰点头。哥舒唱下马,走到她马前。

"你想起来了……你不知道我多害怕你会想起从前,又多渴望你没忘记那些属于我们的曾经。"他的声音低低的,望着她,眼神苍茫而悲凉。

这么久的恐惧,即使她如猫一样窝在他胸前也无法遏制的恐惧,哪怕醒来看到她枕着他的臂弯,也忍不住害怕她哪一天忽然记起从前的恐惧,这种可怕的折磨,这种甜蜜的折磨,今天,终于来了吗?终于,可以结束了吗?

"珰珰,杀了我吧。完成一年前,你斩下的那一刀。"

夏天的阳光洒在他脸上,灿烂耀眼,他脸上的悲伤深沉如秋水,又空寂如秋风。他闭上眼睛。

"啪"!

一记耳光抽在他脸上,睁开眼是珰珰充满怒气的脸。

"笨蛋!"她大声道,"你以为我是来杀你的吗?你也和哈路一样,认为我一冲动起来就要杀人吗?我们受了这么多苦,好不容易在一起,难道我要亲手断送吗?告诉我,到底发生了什么,为什么你那时会那样冷漠,为什么我背着必死的罪名还能活着回来,为什么我忘记了从前,为什么?"

说着,她一咬牙,从马背上跃到他的怀里,道:"我那时是太震惊,一时想不明白。我的唱怎么会眼睁睁看着我去送死?你一定是想尽办法救我回来,对不对?"

哥舒唱的身子冰凉,声音也冰冷至极:"不,我当时没有任何办法。"明月珰吃惊地抬起头来。"我的确是眼睁睁看着你去死。""你骗我!"明月珰不信,"不是那样的……"

"珰珰,我爱你重过我的性命。可是同样重过我的性命的,还有哥舒家的声誉和我父亲的声威。"哥舒唱的身子站得笔直,声音沉静冷漠,"是我对不起你。"明月珰慢慢地松开他。

他没有解释,只是陈述,一字一字地把事实告诉她。

他忽然一扬手,掀开近旁一辆马车的车帘,里面露出一片大红色。是数不尽的绸花、绸幅、绸衣,最纯正的大红,红得像火。

"这十七辆马车,装满了我们成亲用的物品。我正要去接你,回姑苏完婚。"哥舒唱道,"我已经辞去官职,从此是闲人一个。父亲已放下世间一切,在庙里清修。皇上已在为越阳公主择婿。我们经历了太多,然而总算走到了尽头。珰珰,如果你愿意,就跟我走。如果你不愿意,就在这里杀了我。"

珰珰感觉到他的郑重和决然,声音沉了下来:"你宁愿死,也不愿告诉我当初的事?"

哥舒唱默然。

"成亲,或者杀你,你真会逼我。"珰珰冷笑着,忽然一把抓住他的衣襟,逼到他面前,"我凭什么要选?我不杀你,也不嫁给你,我回月氏去!仍旧当我的明月将军,从此关山万里,你我两不相欠!"

说罢,她翻身上马。马鞭"啪"地抽下去,动作如行云流水般潇洒,没有一丝的犹豫。马儿瞬即撒开蹄狂奔。她的背影旋即在阳光下变远。风吹动她的衣袖,她将一去不复返。夏季里的一切都是浓绿,绿光耀眼,碧绿的眸子望着前方,一眨也不眨。

哥舒唱,这次,我要你来选!

告诉我真相,我就嫁给你;不告诉我,我就离开!

——不要以为我真的不会走。

——不要以为我真的离不开你。

——为什么……还不追来?

背后风声寂寂。

明月珰恼怒地哼了一声,真的不追来,真的眼睁睁看着她走?到底过去发生过什么,为什么他能失去官爵、失去生命、失去她,也不能告诉她真相?

到底是什么?好奇心几乎要淹没她。

她绝不能这样带着疑团离开,然而他居然没有动静,真真气死人,她一咬牙,勒住马头——

就在她的手勒住缰绳的时候,身后响起了马蹄声。

哥舒唱追了上来。远远地看不清他的脸。但他追了上来。胯下的追风跑得飞快,前面的人儿渐渐近了,哥舒唱看到了她的脸。明月珰转过身,碧绿眸子里有璀璨的光芒,无可阻挡。

——哼哼,这下总得交代了吧?

——就算你这次不说,那也不要紧,我就不信套不出你的话!

——我看你能瞒我到几时!

(四)

十七辆马车的吉物顺利地挂上了哥舒家的苏州老宅,下人们喜气洋洋地等着办喜事,然而一天,两天,三天……一个多月过去了,婚礼依然没有举行。

准新娘子在酒楼喝酒。

苏州的青梅酒,清浅甘冽,水一样,怎么喝都喝不醉,最多,只是让明月珰眼睛透出一丝微醺,面颊染上一抹红晕。过往的人没有一个不看得呆掉,为她打上一架的也不在少数。

明月珰趴在栏杆上看得很失望。没劲,中原男人,打架这种事情还要派下人出马。一只手拿走了她的酒壶,手指修长有力。她顺着手臂往上,看到了一张英俊的面庞。她的唱。

"老天爷真不公平啊……"她的手抚向他的脸,"把全苏州城的英俊、勇敢和魅力全给了你……"

"你喝多了。"哥舒唱的声音温和,"该回家了。"

"对啊,我喝多了,走不动。"

哥舒唱弯下腰, 明月珰伏在他背上,咯咯笑。中原人保守,苏州人尤其,唱要冒天下之大不韪才能背她上路。楼下两拨打得火热的人马,见状纷纷呆掉,一人怒道:"兀那轻薄子,怎么能这样对人家姑娘?"哥舒唱停下脚步,盯住那人:"这是我的妻子。"

这双眼睛里有经历过沙场的人才有的杀伐煞气,那人不由自主后退一步。明月珰向那人扬扬手,笑眯眯道:"不算的,还没成亲。"哥舒唱沉声道:"回去就成亲。""哼,那你告诉我当初怎么回事。"背着她的男人沉默下来,不说话了。

明月珰恨恨瞪他一眼。这一瞪就发现错了,这张脸这么英俊,让她恨不起来,而且她发现了一个新情况:"唱,你今天没脸红哦。"背着女人在父老乡亲面前招摇过市,对他的脸皮来说一直是个挑战。

哥舒唱看着她。她误会了。他会脸红,不是因为尴尬,而是因为幸福。她不会知道,背着一个活生生的她,是怎样一种幸福。幸福得让人战栗,血液升温。

"习惯了。"他的声音和表情刻意平淡,但眼神出卖了他,他的眼神温柔深沉,简直无边无际。

明月珰喃喃地道:"你不要这样看着我……再看下去我会忍不住跟你成亲的……"然而她最终还是忍住了。

哥舒家未来的少夫人仍然常常在街头买醉,但在底下围观打架的人已经渐渐少了。这不是说少夫人魅力下降,而是哥舒少爷威慑力惊人。

但总会遇上一些消息不是很灵通的人。比如今天,一位从扬州来的富商和一位年轻气盛的公子,就带着手下人干了起来。

"喂,"明月珰懒洋洋倚在楼头发话,"你们两个,自己来,谁赢了,我就嫁给谁。"

"当真?"底下两个人同声问。明月珰回以一个灿烂的笑容。九月的阳光那么耀眼,照在她脸上,让所有人都睁不开眼睛。

大家看惯了下人打架,两个一看就知道没怎么打过架的主子动手,还是稀奇得很,纷纷围了一大圈:"打,打!用力!"

"用脚啊!踢啊!"

"哇,偷袭,不是英雄!"

干燥的地面上尘土飞扬,卖唱的小姑娘弹着琵琶,明月珰仿佛又回到了临都城的少年时光。所不同的是,玩了一整天之后,来接她的不是家里的下人,而是哥舒唱。

她要回的,也不再是空荡荡的明月将军府,而是挂满绸花与红灯笼的哥舒家。唱,要坚持不嫁给你,好难呢。但我,会努力的。

"让一让,让一让!"楼下不知是谁咋咋呼呼,从水泄不通的人群里挤出一条道来,兴致勃勃,"打架怎么能少得了我?"

明月珰端酒的手一顿,只觉得这声音好生耳熟。往下一看,只见场子里多了个人,穿一身随随便便的衣服,背一把大关刀,在看清眼前两人的战斗力之后立刻一人一脚将之踹翻,"就这点儿能耐也好意思打架?去给我学个十年八年再来丢人现眼!"

一脸气愤的样子。

"莫行南。"明月珰拿酒壶在栏杆上敲了敲。

莫行南抬头,原本就十分明亮的眼睛立刻更亮了:"师嫂!"一个旋身就上了二楼,四处张望,"师兄呢?"

楼下被踹翻的人骂骂咧咧爬起来,少年公子显然体力更好,爬起来就朝富商补上一脚,顶着乌青的熊猫眼兴高采烈:"美人,你说话要算数!我可赢……"

最后一个字没能吐出来,他感到背心好像被什么东西戳了一下,然后全身上下都僵了,一个字也发不出来。

倒下去之前,他只看到一道背影,英挺不凡。

"喏,"明月珰看着来人,眉开眼笑,"这不来了?"

"师兄!"莫行南兴奋地迎上哥舒唱,"我们来打一架吧!"

哥舒唱只看着明月珰:"该回家了。路妈今晚做了狮子头。"

"还不行，"明月珰微笑，"今天还没玩够。"

哥舒唱瞥了一眼楼下狼藉的现场。

"那个不算，我有更好玩的。"明月珰笑得开心，"你们两个打一架，谁赢了我就嫁给谁，好不好？"

被自家师兄无视的莫行南喝了一口酒，"噗"，全喷了出去。

哥舒唱上前一步，和明月珰的距离缩减为零，近到咫尺，息息相闻，他低声问："当真？"

哥舒唱深深看着她，深深吸了一口气："等我。"转身大步向莫行南走去。

莫行南提着酒葫芦，嘴角和衣襟上全是水珠，看着大步而来气势非凡的师兄，生平头一次，在打架的时候想临阵退缩："等……等一下！"

"不用太感谢我，莫行南。"明月珰微笑，"你终于可以如愿以偿了。"

是的，莫行南终于如愿以偿了。他终于知道了哥舒唱全力出手的时候是什么样子。感觉到嘴里一股浓浓的铁锈味，莫行南躺在酒楼的地板上不愿起身。

"客官，要不要给你请个大夫？"

小二得了哥舒唱的赏银，十分尽心地在边上守着他："你看看，嘴角都破了……公子你起得来吗？城西药铺来了个老大夫，医术好得不得了啊……"

莫行南的脑海里回荡着哥舒唱临走前的话："即便我们学的是同样的武功，可我是用来杀敌，你是用来比武，你输给我，在情理之中。除非你去尽堂学艺，否则永远不是我的对手。"

尽堂？那个买命杀人的杀手组织？他堂堂江湖第一少侠就算再

怎么嗜武如命,也不可能去和尽堂同流合污。

"公子你也是,这世上的男人最要紧的就是老婆,你要抢人家老婆,难怪被人家揍这么惨了……哎呀,就算是个木头人,遇到这事情也会跳脚呢,何况人家哥舒家世代将门,没把你剁成肉酱就很给面子了……"

小二絮絮叨叨,躺在地上的人忽然问:"你说什么?"

"呃……"小二连忙改换了口吻,"这个……咱们不能伤了男人的面子……"

"前面的!"

莫行南的眼睛亮得吓人,把小二吓着了:"你要抢人家老婆……"

"再前面一句!"

"这世上的男人最要紧的就是……"

"对!老婆!"莫行南一个鲤鱼打挺跳起来,精神百倍,容光焕发,"我怎么没想到呢?师兄和我最大的不同,除了他会杀敌,他还有老婆!哈,对!我也得有个老婆!"

小二吃惊地看着他。

"喂,我问你,这附近有没有哪个女子适合拿来做老婆?"

"我们……我们苏州首富李家的大小姐是有名的美人,而且最最温柔孝顺,天下男人都想娶她当老婆……"

"很好!"

小二只听到这两个字,眼前一花,就已经没了人影,小二半天才反应过来,冲到栏杆边大声道:"李家大小姐发过誓愿,不见到绿离披是不会嫁人的,客官你还是死心吧!"

但是很明显,刚刚找到人生新方向的莫行南是听不到了。

（五）

晚风里有点儿湿意，好像要下雨了，更多的还是饭菜香气，伴着母亲的呼唤，让巷子里玩耍的小孩儿呼啦啦往家跑。

明月珰搂着哥舒唱的脖子，脑袋搁在上面："唱，我们也生个小孩儿好不好？"

"好。"哥舒唱的声音里有丝淳厚的笑意。

"男孩还是女孩？"

"都要。"

"那你得告诉我，"明月珰道，"不然，我怎么同你成亲呢？"哥舒唱的脚步停了，"珰珰，我以为你已经答应，今晚成亲。"

"一、我没答应；二、就算答应了，我也可以反悔。"明月珰摇着他的脖子，"告诉我好吗，唱？"

告诉我好吗？那段我怎么也想不起来的过往，那刻排山倒海般的恨意。我不要当回忆过去时，停留在挥刀斩向你的那一刻。

告诉我好吗？告诉我你如何力挽狂澜，逆天改命，偷天换日。以对我的爱。

告诉我好吗？若是痛苦，我与你一同承担；若是甘美，请与我分享。

告诉我好吗？我真的，不想再等，对于未来的幸福，我早已迫不及待。

哥舒唱站了很久，很久，轻轻将她放下，转身："珰珰，对不起。"明月珰摇头："这不是我要的答案。"

哥舒唱沉默了更久，轻声道："如果你还不想成亲，我可以

等。""我没有不想成亲,我比你更想成亲!还是说,不想成亲的那个其实是你?一段过往而已,为什么不说?"明月珰愤怒了。

哥舒唱抱住她,声音低沉得接近沙哑:"对不起。"

"我不要你的对不起,我要你的对不起有何用?我只要真相!"明月珰用力地挣开他,直直地望着他,眸光锐利,锋芒四射,森森然,"说出来!要是真心想和我在一起,就说出来!"哥舒唱无法开口,眼中全是痛楚和悲凉。

就是这样,就是这样!只要她一提到这个话题,他就会变成这样!是什么样的过往让他变成这样?她忘记了,所以再也没有资格知道了吗?

"即使让我恨你,你也不说?"

恨?她当然可以恨他,被她憎恨,他毫不冤枉,是理所应得。

"珰珰,你可以恨我。"

明月珰不敢置信地看着他,像是不认识这个人。

蓦地,她大笑起来,笑得弯下腰去:"我真傻,我真傻,你早说过,世上有些事比你的命更重要,比我更重要!你早就告诉了我答案,我还自欺欺人,纠缠不休!"

"珰珰——"

"你闭嘴!"明月珰眼中的泪水长流,被晚风吹得冰凉,"不要再说对不起,我要你的对不起有什么用?"

哥舒唱滞了滞,然后,竟也轻轻地笑了起来。

是啊,对不起又有什么用?她不会原谅他,他也不配被原谅。

这个笑容深深地刺痛了明月珰,"啪",一记耳光重重地甩在他脸上。

"哥舒唱,你应该庆幸,此刻我手里没有飞月银梭。"

那是她留给他的最后一句话。

风有点儿大了,带了点儿凉意,担心下雨老路出来查看灯笼,讶异地发现自家少爷一个人站在檐下,静静望着大门,不知道站了多久。

"少爷?""摘了吧。"老路一时没听清,"什么?""这灯笼,这绸花,都摘了吧。"

老路只觉得少爷的语气凉得没有一丝生气,惊疑不定:"这亲,不成了吗?""成亲?"哥舒唱慢慢动了动嘴角,笑了,却笑得比哭还难看,"为什么要成亲?如果你是珰珰,你会不会嫁给一个害死过自己的人,并且这凶手还打算一直隐瞒他害死过你的事实?"

"呵呵,呵呵。"他低低地,低低地笑了,胸膛里有气血往上冲,那是他为了以最快速度制伏莫行南付出的代价,现在他终于压制不住它了,一口鲜血涌了出来,他踉跄了一下,再也站立不住。

凄冷秋雨,落了下来。

(六)

"姑娘,姑娘……"耳边隐隐有谁叫,可明月珰听不见。天地间还有一种更大的声响,明月珰也听不见。

直到一只手拉住了自己,她才猛然回神,心底有一种可耻的期盼,是唱!然而不是。当然不是。

是谁说过的话,若一个人只对你说"对不起",那么便证明,他已经决定对不起你。

她磨了他这样久,缠了他这样久,耗光了所有的热情和耐性,他依然只给她这三个字。

"姑娘啊,雨下大了,快来躲一躲吧。"一个满脸皱纹的老婆婆撑着一把油纸伞,殷勤地把她往一边的馄饨摊上拉。

雨?是的,下雨了,她的衣衫已经被淋湿,风吹来好像有点儿冷,可冷也无妨。老婆婆给她煮了一碗馄饨。

"我不饿。"她说。"不饿也不妨,喝点儿汤,暖暖身子。""我没带钱。""不收你钱。"老婆婆笑容慈祥,"变天了,没什么生意的,我包多了,放着也是放着,你随便尝尝。"说着,拿一块干燥的布巾替她把头发擦干,绾了个乌蛮髻,"老婆子手艺不好,只会绾这样简单的发髻,你别嫌弃。"

"唉,这身衣裳可惜了,上好的料子,又红得这样好看,我年轻的时候要有这样一件衣裳做喜服,那可要欢喜得上天了……"

对的,喜服。旁人成亲有喜服,有回门服,有一朝服二朝服三朝服……哥舒唱则给她准备了百朝服,一律是大红色,只要她愿意,日日都是吉日。

"哇"的一声,她再也忍不住,抱着婆婆的手,大哭出声:"为什么?为什么?他是喜欢我的,我也喜欢他,不管他做了什么我都可以原谅,只要他说出来,我就可以啊……"可是为什么,连原谅的权利和机会都不给她呢?为什么?

她号啕大哭,要把辛酸委屈一朝哭尽,等她哭够了,婆婆给她倒了杯茶,然后道:"客官,对不住啊,我家女娃娃有伤心事了。"

明月珰有点儿吃惊地回头,就在摊前雨幕下,一人穿着黑色斗篷,从头罩到脚,也不知站了多久。"无妨。"那人斗篷下露出的一缕长发已然雪白,声音却意外年轻。

"客官要什么馄饨?"那人顿了一下,"随便。"

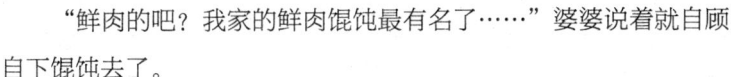

"鲜肉的吧？我家的鲜肉馄饨最有名了……"婆婆说着就自顾自下馄饨去了。

摊子小，外面两张桌子已经被雨水溅湿了一半，那人在明月珰对面坐下，摘下了斗篷的帽子，面庞竟然比少女还要姣好几分，明月珰忍不住愣了愣，这位老人家，还真是驻颜有术。

端馄饨过来的婆婆也发现了，又惊又喜："你是城西药铺的神医吧？"那人点点头。

"哎呀，我一直说要去找您看看我这把老身子骨，又一直忙着摊子不得空，今天真是老天爷照看我。神医，您饿了吧？先吃，先吃，尝尝我的手艺。""把手伸出来。"那人道。"那怎么好意思？您先……""把手伸出来。"声音虽然轻淡，却不容拒绝。

婆婆感激又不安地伸出了手，那人把完脉，待要写方子，摊子上哪儿有纸笔？婆婆找了半天从灶里找出一根炭条，明月珰正要撕下自己一片衣袖，那人忽然按住她的手。

她一愣，这人的手很凉，不是常人的凉法。

"衣裳很好，莫要毁了。"那人说着，撕下了自己的衣袖，斗篷底下是白衣蓝袍，异常整洁。

婆婆捧着方子感恩戴德，把钱盒里的钱都拿了出来，那人道："有这碗馄饨就够了。"婆婆自然是千恩万谢，趁着夜还不是太深，忙去抓药了。外面的雨渐渐小了，桌上的馄饨渐渐凉了。

"你怎么不吃？"明月珰问。"我忌荤。""你不是来吃馄饨的吧？"那人不答，顿了顿，问："为什么哭？"

"呵呵。"明月珰笑了一下，"关你屁事？""你穿着红衣裳，梳着乌蛮髻，你哭，就关我的事。"明月珰愣了一下，什么意思？

"为什么哭?"那人再次问,"若我能帮上忙,请说。"

"没有人能帮忙……"明月珰笑了一下,这一下,笑得无比疲惫,无比苦涩,"除非你也给我开服方子,开服让人说实话的方子。"

(七)

明月珰回到哥舒家,是在十天后。大红的喜庆之物都被取了下来,哥舒家看上去冷清极了。明月珰在库房找到哥舒唱,一脚踹开门。里面的人头也没回:"路妈,说了,我不饿……"说到这里顿住,因为他明白过来,路妈是不会这样踹门的。

他慢慢地,慢慢地抬起头,门外阳光灿烂,她站在阳光下眉目锋利,气势盛烈,顿了一顿之后,长腿迈过门槛,长驱直入来到他的面前,一手捏住他的下颌,一手往他嘴里塞了一粒药丸。

"这是什么?""毒药。"明月珰冷冷地说。

药丸在口中化开,苦涩中有股浓重的腥气,舌头有自己的意识要把它顶出来,但被主人压制住。哥舒唱一口咽了下去。

腥苦的药味从咽喉直通五脏,像一把刀,那把……在命运中被暂停的一刀。现在它终于斩下来了。

"呵……这种死法对我来说,太温柔了……"哥舒唱甚至笑了出来,他扔掉手里整理着的绸花,将身前的人拉进怀里。

"哥舒唱你放开我!"明月珰像只炸毛的猫,试图挣脱。

然而他不会放手了。他感觉到无法自控的晕眩,药在起效。这是他最后的时间。

等他最终放开她的时候,才发现她的脸上满是泪痕。

大脑在晕眩,要用尽全身力气,才可以替她拭去泪痕:"珰珰,我能留句遗言吗?"

"不能!"她的声音好大,好凶,好倔强,可他拭到的泪却更多了。"那就替我转告老路,让他操办后事的时候,用这些为我陪葬。"说完最后一个字,还想再强撑着多看她一眼。可惜,做不到了。意识失去对身体的掌控,他坠入黑暗的世界。

"可以。"

雨中的小摊上,白发神医语气淡然,仿佛她要的是张寻常治风寒的方子。

她在城西药铺待了十天,十天里唯一要做的事,就是穿上大红色衣服,梳好高高的发髻。这是神医要求的诊金。

十天后,神医给她一枚药丸。

"这药能让人坠入梦境,只要是你问的,他必定会如实回答。问好了,点上一炷寻常醒神香,他便会醒来。"

"管用吗?"拿到药的时候她有点儿狐疑。

"你可能没听过我的名字,"一头白发却容颜姣好的神医,神情依旧平淡,一股傲然气势却无风自动,"我是央落雪。"

库房里到处堆满了收下来的红绸、红烛、红灯笼、红喜字……鲜艳得像间巨大的洞房。明月珰把哥舒唱扶到一堆红绸花上,尽可能让他舒服一些。

现在,他乖乖地躺着,闭着眼睛。就是这双眼睛啊,在刚才那一眼里,那样深邃缠绵,无边无际。

"要说你不爱我,我自己都不信。"明月珰抚着他的脸,手指依恋地感受着他的每一寸肌肤,"说,哥舒唱爱不爱明月珰?"

"爱。"哥舒唱闭着眼睛,声音低沉、柔和,仿佛从梦境中发出。"算你识相。"明月珰咬了咬唇,忍住眼眶里的泪水:"是最

爱吗？""最爱。"明明都是知道的，可再听一次，心还是这样饱满鼓胀，像第一次知道一样幸福。

"那你老实告诉我，当年到底发生了什么？"哥舒唱的眉头皱了起来，"当年……当年……""对，当年，我和你回京，哈路说我是奸细，皇帝要杀我……"

"羽林军……羽林军捉拿珰珰……"

"对！他们要抓我，可是你，你却不帮我，我当时气得要死，我还要杀了你……唱，告诉我，后面发生了什么？"

哥舒唱呼吸急促，眼皮急剧跳动："珰珰……珰珰要杀我……珰珰……珰珰恨我……我……眼睁睁，眼睁睁看着……看着她……她被带走……"

他说得极度艰难，仿佛一个个往外蹦的不是字，而是刀，一把把的刀，穿肠烂肚抵达咽喉，冷汗从他的额头渗出来，他的拳头无意识收拢，关节发白，全身隐隐颤抖："她……她被带走了……我带她回到京城，我却保护不了她，保护不了她！"

明月珰从来没有见过这样的哥舒唱，即使是那次在城头，他问她是明月珰还是明月苍，都没有这样失色。

忽地，她没来由地有点儿害怕："停，停，唱，停下来……"

"她……死了！"

"死了"两个字，像是从两把利刃里刮出，哥舒唱的眼睛猛然睁开了，睁得极大，眼角绽裂，血流下来。但这不是清醒，这仍是梦魇，他睁大眼睛瞪着看不见的虚空，仿佛那是集全世界最可怕最恶毒最恐怖的所在，他死死地盯着那里，血泪长流。

"唱！不要想了，不要想了！"明月珰真的怕了，她想合上他的眼睛，可做不到。他的神魂被推到了过去的世界，无力自拔，她抱着他，拼命唤他："醒醒！你醒醒！不要想了！我不要知道了，不要了！"

香……醒神香……她大叫："老路！老路！路妈！阿童！小环！"声音尖厉得可怕，叫着一切她能叫出的名字，呼唤一切她可以呼唤到的人。

醒神香终于点起来了，哥舒唱缓缓闭上了眼睛。明月珰全身都被冷汗湿透了。她终于明白了，他为什么不说。因为，不能说，不敢说，说不出。那段记忆对她来说是被遗忘的过往，可对他来说从来不曾过去。

它依然在，永远在。我的唱，我可怜的唱……你决定独自背负这个秘密，因为你没有走出来。对不起，唱。我爱你，唱。

过去的，都让它过去吧，对我来说是，对你来说，也应该是。我们还有那么长那么好的未来，还有那么美那么明亮的一生。

唱，请你忘记。请你，不要再想起。

（八）

一个月后，明月珰做了哥舒唱的妻子。

虽然哥舒唱想早点儿完婚，但明月珰表示她的新郎官一定要是世界上最英俊的。

于是眼角的小伤哥舒唱养了一个月，每每问起这伤是怎么回事，明月珰就会"哦"一声，然后问老路："追风喂过了吗？"或者问："中午是什么菜式？"后来有了小阿苍，便改成："阿苍醒了吗？"

一旦提到阿苍，话题就立马会改变，因为哥舒唱非常不乐意自己的儿子要被送到哈路身边。

可是有什么办法，明月珰挑眉望向他："谁让他像我不像你？既然是绿眸，就要跟我姓。何况哈路为了我们，把越阳公主都娶走了，你还有什么话说？"

哥舒唱看着她半晌，忽然露出顿悟的表情，打横抱起她。

"喂，喂，你要干什么？"

"我想，也许我们应该有一个黑眸的孩子。"

"那你先告诉我当初是怎么回事——嗯——"

声音消失在他的唇间。

两个人的身影消失在茜红帐里。

炎夏时节有蝴蝶从窗外飞进来，睡在外间摇篮里的小阿苍不知为何醒了，睁开眼。

双眸如同雨后青山一样空翠，又如同春水初涨时一样碧绿。

真绿呵。

—全文完—

小剧场 永远的秘密

（一）

那是他一生也不愿意提及的日子，仅仅是思维触及，也痛不可当。

刀光劈面而来，劲气拂动衣襟，毫无内力的她可以斩出这样的刀风，显然已经用尽全身力气。她拼尽全身力气要杀他。他闭上眼睛，忽然轻松下来。

杀了我吧。让我死在你的刀下。

然而想象当中的刀刃始终没有落下来，一名侍卫夺走了她的刀，两名侍卫分别捉住了她的双臂，另一名则用绳子将她捆起来。

她被他们押出去，剧烈挣扎。她其实不必用刀，那充满仇恨和痛苦的眼睛就是刀，他早已被她的眼神刺了千百刀。

朱公公上前跟他说了什么，他没有听见，只是笔直地站着。心里有个声音，提醒自己不要倒下。

朱公公走了，他笔直地站着。

风过庭院，五月的花香浓郁。

他笔直地站着。

到了中午，下人们终于发现了少将军的异常，他已一动不动在

那儿站了半天,仿佛连眼睛也没有眨,整个人似变成了一座石雕。

哥舒翎一直远远地看着他,无声地叹了口气,走到他面前。

他站得那么直,眸子直视前方某处,脸上没有任何表情。

"唱儿……"哥舒翎的声音有些低哑,"多谢你顾全了哥舒家。"哥舒唱没有说话,他仿佛真的化成了石头,连脑子都不会动一下。

"我一直以为,唯有令自己足够强大,才能保护那些自己不愿失去的人。然而,要多强大,才是足够强大?"

哥舒唱的声音充满哀伤。难道强大反而成为失去的理由吗?因为足够强大,所以更不能放弃自己的强大。

当年他因为失去爱人而发愤图强,今天他的儿子却因为要守护这强大的地位,而不得不眼睁睁看着爱人去送死。

"父亲。"

"嗯?"

"能帮我一个忙吗?"

"你说。"

"请陛下赐她一个全尸。"

哥舒翎长久地沉默,缓缓地点头。这也是他唯一能做的,无论是对哥舒唱,还是对当年那个女子。

哥舒唱望着他离开。他真的已经老了,受伤的右脚显得蹒跚。

哥舒唱黑不见底的眼睛里,忽地起了一丝波动,在背后唤住他:"父亲。"

哥舒翎停下脚步。

"您生我养我,一心栽培我,我还没有对您说过'谢'字。"哥舒唱道,"二十多年来,我身为哥舒家的儿子,一直把哥舒家的

声威放在我的性命之上,也一心要成为第二个哥舒翎。可是,对不起,父亲,这一生,我只能是哥舒唱。"

说着,他跪下来:"父亲大人在上,请受不孝子三拜。"

他果然拜了三拜,每一下额头都重重地触到青石地面。磕罢头,他起身离开,身影消失在哥舒翎的视线里。

儿子的举动,让哥舒翎隐隐有些不安,怅然叹息。他的信念是对的吗?

为了哥舒家的声威和地位,儿子失去了幸福……哥舒翎的心头沉重起来,如果再给他一次选择的机会,他是不是应该让哥舒唱带着明月珰远走高飞?

他在这世上活了这么多年,仍然看不透命运的轨迹。

(二)

清和得知明月珰被带走的消息已是当天下午,他即刻赶到哥舒将军府,哥舒唱在书房里整理东西,信件一一整理出来。

初夏的时候已经有些热,书房里却还拢着炭盆,哥舒唱把书信扔进炭盆里,不一时火舌便舔上来,将书信化为灰烬。

"你在干什么?"

"你来得正好。"哥舒唱看上去仍如往常一样冷静,从书橱里抽出一套书放到清和面前,"这是你曾经想要的《兵塚列志》,拿去吧。"

清和默然。这套书他曾经的确想要,但当时哥舒唱当宝贝般护着,只许他借。

"明月姑娘的事,我听说了……"

"要的话,就拿走吧。"

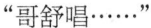

"哥舒唱……"

"我还有些东西要整理,没有时间陪你聊天。"哥舒唱说。声音不疾不徐,和往常没有半点儿不同。但他的脸色极白,眼眸极黑,这样的黑白分明,有种叫人窒息的绝望在里面。

门外忽然有人吵闹,老路和几个下人同一个中年男子进来,老路一脸的气愤,道:"少将军,这人好端端送两口棺材到门口,我要把他赶出去,他却叫着说是您订下的,您看这个人该怎么处置?"

"本来就是大人订下的嘛!"中年男子叫屈,"不然我哪有胆子上门来。大人一早到我店里……"

"是我订的。"哥舒唱淡淡道,"老路,给他银子。"

老路一怔:"好端端订棺材干什么?就算是明月姑娘的事,也犯不着要两口啊……"

哥舒唱闻言蓦然抬起了眼,眼角一抹寒光,看得老路将剩下的话全吞进了肚子里,忙把中年男子带出去,付钱。

清和静静地瞧着这一幕,垂下眼睛,长长睫毛掩住他的眼神。

"留得住哥舒家,就留不住她。留得住她,就留不住哥舒家。"清和的声音如风一般轻淡,"哥舒唱,很辛苦吧?"

哥舒唱没有答话,整理完那些信件与书籍,开始处理桌上的公文。"这样好吗?"清和问,"这样不顾一切,好吗?别忘了你是哥舒家仅剩的唯一的儿子。"

"正因为我是哥舒家唯一的儿子,才只有这条路走。"哥舒唱道,"如果不是,我早已带她离开。"

清和看到他这样镇定的模样,便知道他前前后后都已想好。经过缜密的思索才定下的一切,谁也不能改变。

哥舒翎从宫中回来，踏进书房看见哥舒唱埋头处理公文，而清和坐在一旁静静地看着他。

"父亲，"哥舒唱问，"什么时候行刑？""三天后。鹤顶红。"哥舒翎望向儿子，目中有深深的怜惜，"皇上命你监刑。"

"嗒"的一声。笔落在纸上，墨迹晕了一大团。

鹤顶红。三天后。

（三）

牢房恒久地阴暗。月氏的牢房如此，大晏的牢房也如此。

一灯如豆，照着狭小的空间。他想到那一日，他去救她，中了她的圈套，然而，最终她仍然放了他。

她比他聪明，早知道所谓的侠义不过是他给自己找的借口，他早已喜欢上她——在明知不能喜欢的时候，在自己还不曾察觉的时候。

现在，他们又在这阴暗的牢房里相逢——这将是此生最后一次。

越阳公主站在他的身后。

让哥舒唱监刑，是越阳的建议。让他亲手杀死她，他将绝望到没有一丝后悔的余地。

从此忘记一切，安心做她的驸马。越阳笃定地等明月珰出来。

明月珰的脸色有些憔悴，眼眸却异常明亮。她盯着哥舒唱，他身穿一品朝服，英勇又优雅，东方男子的美貌与精魂，都在他身上。这个男人，她唯一爱过的男人，将亲自看着她被人夺去生命。

朱公公托来一只朱红金顶的小瓶子，请哥舒唱示下。

哥舒唱点点头。

两名兵卒上前，待要灌下去，明月珰忽然道："我自己来！"碧绿眸子里像是燃着火焰，那是地狱的红莲之火，她的恨能将所有人打入地狱。哥舒唱点点头。

兵卒替她松开手上的绳子。

她手上被勒出瘀痕，拿起那只小瓶，拧开黄金瓶盖，望向哥舒唱，脸上有极诡异的笑："哥舒唱，我要死了，我要死在你的面前。但你放心，我不会忘记你，死后我的灵魂将化为厉鬼，诅咒你一生一世不得平安，你会以比我惨一百倍的方式死去！"

她的声音带着彻骨的寒意，响在阴冷昏暗的牢房里，所有人都不由得打了个寒战，越阳喝道："住口！"

明月珰傲然一笑，一仰头，将整瓶鹤顶红喝了下去。

鹤顶红，只要一两滴便足以致人死命。她的身子微微一晃，倒在地上，一丝鲜血从嘴角溢出来。

哥舒唱缓缓地走过去，缓缓俯下身，缓缓地抱起她。

越阳一惊："你要干什么？""替她收尸。"哥舒唱的声音如同深井水，冰冷，不见丝毫波澜，"可以吗？"

朱公公咳了一声，道："将军，按规矩，得让仵作确认一下。"哥舒唱站住，让侍立在一旁的仵作探她的鼻息，搭她的脉门，再以银针扎她的掌心。

"需要确认吗？"哥舒唱看着那仵作，声音似幽谷吹来的风，"难道你感觉不到她的身子在变凉吗？一点儿一点儿凉下来，一点儿一点儿硬起来，你觉得她还有可能活着吗？"

仵作身子一颤："小的……小的只是……只是职责所在……"

朱公公暗暗叹息一声，哥舒唱与明月珰当日在大殿之上，手牵着手说一生一世要在一起的情景仿佛就在眼前，现在却弄得这幅光

景，让人怎能忍心？他将仵作叫到身边："怎样？"

仵作道："犯人确已毙命。"

哥舒唱抱着明月珰走出去。一级一级，走上台阶。恍惚就像当日在月氏大牢，抱着她，踏上台阶，准备冲出门外。

那时明知门外埋伏重重，心里却亮亮堂堂，不管是重罗剑还是他的身体，都充满无穷的力量。

而今，在自己的国度，他却只能抱着渐渐冰冷的她，一级一级，走出阴暗的地牢。

明月珰，我对不起你。你当初就该杀了我。那样，你仍然是威风凛凛的明月家族后人，你喝酒，你弹琵琶，你唱歌。

你不该跃下城头，不该跟我来大晏。

如果时间可以倒流，我宁愿你在初次对阵的时候，就用飞月银梭割下我的头颅，放在你父亲的牌位前。

如果……没有如果，一切已成事实。

他一步一步地走错，她也一步一步地走错，最终，走到了今日这个局面。

面前的道路一时迷蒙，脸上滑过一道冰冷的水痕，视线才重新变得清晰。

他轻轻将脸贴到她的脸上。她的脸比泪还要冷，比死还要冷。她带着对他的怨恨死去。

从刑部到将军府，平时不过片时便到，今天却像有亿万年那么漫长。街道上的人纷纷看着这个穿一品官服的男子，抱着一个身穿囚服的女子，慢慢地从长街走过。

街上繁华热闹如同以往任何一天，然而所有的热闹都在他的身体之外。他整个人就像一块冰。

他流下泪来,泪也成了冰。

他抱着她走进将军府,府中上下已经挂满了白幔,下人们看见他抱着明月珰进来,开始撒纸钱。

他将她放进棺材里。指尖一点儿一点儿离开她的身体。一点儿一点儿地,丧失她的气息。

"不要怕。"他轻声道,"我这就去找你。我欠着你,你要是能原谅我,我们下一世再做夫妻。你要是不能,就把我留在十八层地狱,永世不得翻身。"他的声音很轻,好像生怕吵醒熟睡的情人。

另一口棺材放在她的旁边,他躺了进去,老路吓得脸色发白,抢上前:"少将军,你要干什么?"他抽出随身的匕首,一寸一寸从鞘里拔出来,仿佛在一寸一寸接近死亡,一寸一寸接近她,他闭上眼睛,轻声吩咐:"将我们合葬。"

匕首向胸膛刺去。

忽然有只手握住他的手腕,他没有睁开眼,反手侧开,匕首朝原来的方向刺下去,蓦地听清和低促地道:"她没死!"

他轻轻一笑:"清和啊,我亲眼看着她喝下鹤顶红,亲眼看着她死去,她在我怀里一点点冰冷,谁也没有我清楚她的死亡。"

"她喝的不是鹤顶红!"清和的声音低而急促,"要死,听我把话说完也不迟。"

(四)

"那不是鹤顶红,是什么?"

"是唐门的一种药,令人陷入假死,十二个时辰后,又能活过来。昨夜我命人潜入宫中,将鹤顶红换下了。"清和说着,补充

道,"九王爷与唐门素有往来,府中有唐门高手听命,这点你不会不知道吧?"

"你从哪里得到的这种药?""唐且芳手里。"

"我从来没有听说过世上有这种药。"

"因为这是唐且芳专门为我配制的。"清和说着,脸上有一种微茫的神情,像风卷走最后一丝云,忧伤或者悲凉那么浅淡,"我曾经,想把这药给一个人喝。可惜,她没有等到……现在,能用在明月姑娘身上,也不错。"哥舒唱默然。

"这样的药,世上仅有一瓶,唐且芳说的确可以令人假死,但是,对人的记忆会造成一定伤害。至于具体情形,十二个时辰后便知道了。"

哥舒唱半晌道:"那么,我等十二个时辰。"

(五)

十二个时辰,如果她没有醒,一切照旧。

如果她能醒,则万万不能让他人得知。

清和已让老路驾来马车,将哥舒唱和明月珰送到老路的女婿家中。

小小的民宅,只有老路的女儿和女婿两个人。老路与路妈看着哥舒唱从小长大,是将军府中最得力的老人。

清和的安排十分周密,外人只知是清大人的马车出了将军府。

明月珰被放在床上,路妈替她换了衣服,她的眼睛闭着,没有一点儿鼻息。真能活过来吗?

路妈心里犯着好大的嘀咕,但是再怀疑又怎能在少将军面前说出来?此时的少将军,眼睛发红,就像溺水的人抓住最后一根浮木，到死也不会松手。

　　清和将他们送达后便离开，哥舒唱一人守在床头。她会醒来吗？时光一点儿一点儿过去，日光一点儿一点儿西斜，屋子里慢慢变得昏暗，渐渐看不清她的脸。

　　路妈请他吃饭，他听不见。

　　老路说了什么，他听不见。

　　看不见，也听不见。

　　屋子点上了灯，半夜油尽灯枯，陷入黑暗。他一动不动，仍旧握着她的手。

　　时间就从指尖溜走，天边一点点亮起来，先是淡青，而后淡白，太阳涌出来，天地间一片光明。

　　她仍然没有动。身体仍是死寂。

　　清和进来过，又出去了。

　　他感觉得到，身子却已僵硬，完全不能动，又或者他的神魂已经离窍，看到这一切的是他的魂，而不是他的眼睛。

　　太阳从门前照进来，照在床上，又慢慢收回去，在门口投下一片白灿灿的光。

　　差不多了，十二个时辰，一天一夜，差不多了。

　　他看着她，不放过她脸上的任何一丝变化，然而她没有动，没有呼吸，一切如旧，脸色苍白如纸。

　　只是，指尖忽然轻轻一颤。在他的掌心里，轻轻一颤。这一颤，就像是天地初开，混沌化为万物时第一道光，第一滴水，紧接着，她的睫毛轻轻动了动。

　　一种奇异的声息——生命回潮的声音是这样的吗——他仿佛看见血液在她的血管里一顿之后，再一次开始了流动。

她慢慢地睁开了眼睛。

血液仿佛在一刹那全部涌上喉头,哥舒唱颤声问:"你……你醒了?"

她点点头,碧绿的眸子环顾四周:"这是哪里?"又问:"你是谁?"

她忘记了。

那些爱,那些恨,她都不记得了。

且芳救了她的命,却带走了她的记忆。

哥舒唱坐在床边,忽然有流泪的冲动。

忘记也好……忘记吧,她从来不是什么明月将军的后人,更不是被赐死的"逆贼",这些权力纷争、诡谲人心,跟她半点儿关系也没有,她只是一个普通的女孩子。

我们从相逢的时候就错了,命运让我们在这里更正。

就这样吧,珰珰。

请你,求你,就这样吧。

从前种种,恍如隔世,让我们都忘了吧。

不要记起。

请不要记起。

何为江湖？
人就是江湖
武湿洒如莫行南
武华雨如百里无忧
武温润如愛疏言
或神秘如虚从容
刹那芳华尽，红颜弹指老
唯余一壶酒，一把剑
饮尘醇酒，醉舞古剑
这一两江湖，就轻轻展开在眼前

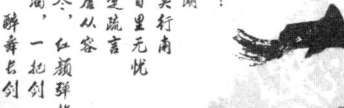

晋舒唱走大宴国的火帅，
是本国的越国公
主。可他爱着的，
却走破国持
军之妹明月姑。这一段国恨家
仇，到底会如何收场？
——《琵琶误》

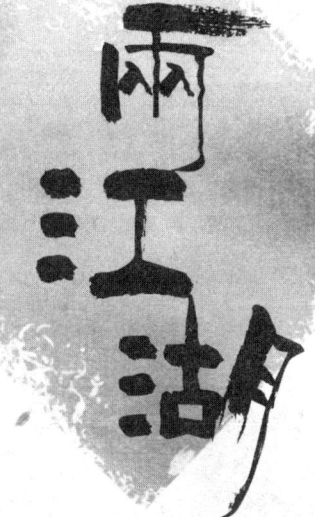

答未禹就是阅欲间给他的答案，两
人在险恶的江湖中感受到彼此
的温暖，与此同时，两人离奇的
身世也慢慢浮出水面。
——《望星记》

《红线引》
《锦衣行》
《绿衣披》
《风芳曲》
《菩萨蛮》
《玉箜姬》
《发如雪》
《梁花身》
等你来。

"一两江湖"系列之《望星记》《琵琶误》
火热来袭
带给你热血江湖的爱恨情事
定价（预估）：29.80元

《意林》杂志人气连载古风小说

一位胭脂女将的热血传奇／一段爱恨离别的恩怨情仇

胭脂将
YANZHI JIANG

王琛作品

奇异魔幻的江湖神术
激荡磅礴的氏族恩怨
剪不断理还乱的儿女情长

9月上市
敬请期待

凝峰欢意游
天烈朝舒
华唐厉哥姜

莽原大地，七海十荒，唯九荒浮罗山为最佳生存之地。

这里花草遍布，猛禽妖兽横行。茹毛饮血的白渊族和荒越族因抢夺生存之地互相争斗，两族结下宿仇，战争不断。

城主厉朝欢被人暗算长睡不醒，城中女将华天凝肩负起了保护族人、守护城主的重任，谁知世道险恶，白渊族女王哥舒意早已暗中派刺客，欲在荒越族每年的祭天大典之际，置厉朝欢于死地。

华天凝早已得知消息，她倒要看看，谁能动得了厉朝欢一根毫毛？天罗地网早已布下，夜龙台风起云涌，危机四伏……

意林精品图书推荐

《我不愿让你一个人走过青春的荒芜》
简介：95后模特级作者谢宁远写给你的告白书。十五篇故事，是告白，亦是陪伴。
定价：29.80元

《对方正在输入中》
简介：那些爱与被爱的故事。年少时的懵懂酸涩，成熟后的感人至深；是心头的一枚朱砂痣。
定价：29.80元

《你是年少的欢喜，喜欢的少年是你》
简介：古风天后吾玉，初涉现代爱情，打造都市轻风之作。
定价：29.80元

《从此晚安我自己》
简介：95后男神作者何家豪青春成人礼童话，将这16个故事，说给长成大人的你听！
定价：29.80元

告白的书 系列

《别来无恙，我的小初恋》
简介：作家沈嘉柯暖心力作，陪你一起挥别青春，再出发。
定价：29.80元

《喜欢你这句话，我憋住了整个青春》
简介：数十篇青春的故事，带你领略成长、青春、爱恋的阴晴圆缺。
定价：29.80元

《遇见你，就是最对的时候》
简介：青罗扇子、周德东等作家用文字演绎纸上电影。时光远去，而你们永远青春。
定价：29.80元

《我记得你说过的每句美好》
简介：独木舟、夏七夕、七微等名家用真挚的笔触探究青春的色彩。
定价：29.80元

多味之恋 系列

《这世间所有的纸短情长》
简介：织梦人张芸欣在深夜为你点一炉青春之香，寻找渐渐远去的青春与年少。
定价：29.80元

《世界那么大，命中注定遇见你》
简介：每个人都会接触形形色色的人，又会和一些人聚聚散散，马叛说：这些相遇都是命中注定。
定价：29.80元

《我不怀念你，我只怀念有你的往昔》
简介：继《左耳》之后深入骨髓的疼痛青春，每个人都可以在她的故事中找到原始的自己。
定价：29.80元

《花与巡夜人》
简介：国内一本填色减压故事书，抚触你的心灵，温暖现代人的内心孤寂。
定价：36.90元

深夜暖心 系列

《少年从不等风来》
简介：关于年轻人的追梦故事，他们用自己的特立独行，创造属于自己的天地。
定价：29.80元

《你的人生不需要别人点赞》
简介：大人物从这里起步，成就了丰盈的人生。数百篇故事告诉你成功者的秘密。
定价：29.80元

《逆光飞翔，微芒盛放》
简介：名人的磨难被晒晒成坚强，带给你十八而志的青春励志的正能量。
定价：29.80元

《像明星一样去战斗》
简介：数十位明星的奋斗史。逆袭背后，都是平凡生活中的伟大梦想。
定价：29.80元

十八而志 系列

《把你所有的不安都交给我来暖》
讲给你听，117个如同心灵拥抱的故事。
定价：29.80元

《所有人的坚强，都是柔软生的茧》
玻璃心的朋友们，看看这里！讲给你听，125个含泪奔跑的人生故事。
定价：29.80元

《生命中除了爱，其他都是行李》
讲给你听，召唤小确幸的111个故事。
定价：29.80元

《都道初心不可负，而初心是何物》
133个初心故事，既有明星大家，又有平凡人物，从故事里闪耀初心的光芒。
定价：29.80元

初心讲义 系列